集英社オレンジ文庫

風呂ソムリエ

天天コーポレーション入浴剤開発室

青木祐子

風呂ソムリエ　もくじ

イラスト／ｃａｋｅ

風呂ソムリエ

天天コーポレーション入浴剤開発室

Furo Sommelier

青木祐子

それは恋する
ピンクの湯

お風呂。

キラキラ光る小さな波。白い湯けむり。

広い温泉も、スーパー銭湯《せんとう》のジェットバスも、マンションのひとり風呂も、みんな好き。

ふんわりまろやかな香りのお湯が、体を優しくつつみこんで、身も心もとろとろになる。

お風呂って、天国。

＊＊

「あ――――！」

その日、はじめての浴槽につかりながら、ゆいみは思わず声をあげた。

晴れた日曜日、午後二時。

ゆいみ行きつけのスーパー銭湯、『藍《あい》の湯』である。

「ゆいみちゃん、ゆうべ遅かったっぺか？」

ずぶずぶとあごをお湯にめりこませていると、となりの白い背中がむくりと動いた。

「あ、わかります？　小枝子《さえこ》さん」

「そりゃわかるっぺさ。遊んだって感じだもん」

タオルをたたんで頭に置きながら、小枝子さんは言った。

小枝子さんは『藍の湯』の常連である。

目じりや口もと、体のあちこちがたるんでこそいるが、肌はピカピカのピンク色。三十年前にはさぞ美人だっただろうと思われる、気のいい女性だ。

圧巻なのは上半身。まるまるとした背中は真っ白でしみひとつなく、つきたてのお餅のようだ。月夜の露天風呂で、たまたまうしろ姿に遭遇したりすると、おがみたくなるような肉付きなのである。

「ゆうべ、新宿《しんじゅく》行ってたんですよ。友だちと飲みに。それで疲れちゃって」

ゆいみは言った。

服を着た姿は知らないが、裸をさらしあう仲だ。小枝子さんは聞き上手なので、なんでも話してしまう。

小枝子さんは目を丸くした。

「もしかして、元彼？　ゆいみちゃん、やっぱりより戻すの？」

「いや違いますよ。女友だちですって。帰省したついでに飲んだの。みんなオーエル」

ゆいみはお湯の中で手を振った。

白いタイルの床の上に、ざばざばとお湯があふれ出る。

ゆいみが『藍の湯』でいちばん最初に入る、ぬる風呂だ。設定温度は三十八度。いろんなお湯を楽しむ前に、体を慣らすのにちょうどいい。

『藍の湯』は、露天風呂に面した側がガラス張りである。もうすぐ春になろうかという陽射しで、お湯の表面はなめらかに光っている。

たっぷりとしたお湯に体をひたすと、身も心もやわらかくなる。——ような気がする。

一カ月前、ここI県さくらら市でひとり暮らしを始めるにあたり、いまの賃貸マンションで即決したのは、近くに『藍の湯』があったからである。いまや休日ごとに通っている。

そもそもあたしには、ストレスフルな会社員は合わないのであって。

ゆいみは背中を浴槽のふちにもたれさせながら、のんびりと考える。

かといって生活不安はもっとストレスなわけで。おっかなびっくり登録した派遣会社で、天天《てんてん》コーポレーション研究所の受付、という、ほどよく忙しく、そこそこ楽しい仕事が見つかったのは幸いだった。

天天コーポレーションは洗剤や化粧品を製造している会社である。香りつきのオーガニック石鹸《せっけん》はゆいみの愛用品でもあり、会社名と場所で勤め先を決めた。

東京の実家まで一時間半。デパートはないけれど駅ビルはある。都心では住めない2DKのマンションにも住める。ゆいみははじめてのひとり暮らしに満足していた。

とはいえ、ときどき、これでいいのか、と思ってしまうことがないこともない……。新卒で入ったデザイン会社を一年半で辞め、都心を離れて一カ月。こうやって休日ごとにいろんなお風呂に入って、肌がピカピカになるのはいいけれど、その肌を誰に見せることもなく、ふと気づくと小枝子さんの年齢くらいになっていそうで。

しかもそのことに自分がぜんぜん気づかずに、三十年後も同じ会話をしていたりして……。

「今日は苺《いちご》の湯かあ。ここんとこ、果物ばやりだなあ」

小枝子さんとあたりさわりのない近況を報告しあったあと、ゆいみはとなりの浴槽をのぞきこみ、つぶやいた。

『藍の湯』名物、変わり湯である。

いつも違うお湯で、色や香りも変わったものが多いので、ゆいみはひそかに楽しみにしている。

四角い浴槽は、苺らしい濃いピンクのお湯で満たされている。よく見ると小さなつぶつぶが浮いている、というこだわりっぷりだ。

先週は、メロンの湯だった。そういえば。とろみがついた緑の湯。

ピーナツの湯ってのもあったな、とゆいみは思い出す。

あたりに漂うピーナツの香りには驚いたものの、入ってみたら悪くなかった。帰りに柿ピーを食べたくなって、コンビニに寄って帰ったものだ。

しかし、昨日飲んだばかりの身で、つぶつぶ入りの苺の湯はあまり気が乗らない。赤に近いピンク色は、果物というより、かき氷のイチゴっぽい。

「今日はパスしておくか……」

ゆいみはもう一度つぶやいて、頭に巻いたピンクのタオルを巻きなおす。

そのとき、前から声がかかった。


「なんで入らないの？」

怒ったような女性の声である。

ゆいみはお湯につかったまま、声の方向を見上げ、目をぱちくりさせた。

苺の湯のまん前では、女性が仁王立ちになっている。

当然、全裸だ。

「なんで入らないわけ？　苺の湯、かわいいでしょ？　こういうの、かわいいって言うんでしょ？」

なんだなんだ。ゆいみはびっくりして女性を見つめた。

「ピーナツの湯は言語道断、かわいくない。メロンのお湯は緑だからかわいくない。かわいいのはピンクの苺だって言われたから苺にしたのよ。あったまるし、さっぱりしてるしかわいいでしょ？　香りは無理を言って大甘にしたし、使いたくなかったけど、赤色一〇二号着色料も使ったわ。あなた、女の子なんでしょ？　女の子って、苺が好きなもんじゃないの？」

いや、女の子なのは当然でしょう。ここ女湯なんだから。

ていうか、女性も二十代前半――ゆいみと同じくらいの年齢だと思う。

隠そうにも隠しようがない。肌はすべすべ、胸はデカい。ウエストははっきりとくびれている。白地に青で『藍の湯』と染め抜かれたタオルを右手で握りしめ、長い髪を無造作に頭の上でお団子にしている。

スタイルがいいのは眼福だが、目のやり場に困る。

「いやあたし、昨日飲みすぎたんで、かわいいのとかおなかいっぱいで。ていうか、これ苺にしてもフェイク感満載で」

「あら、美月《みつき》ちゃん、来てたんだ？　ま、ここ入って」

ゆいみが弱弱しく反論していると、となりから小枝子さんがのんびりと声をかけた。

美月ちゃん、と呼ばれた女性はそのまま、無言でゆいみのとなりに入った。ざばざばざば、とお湯があふれて、二の腕をはじき、滑っていく。

ゆいみはこっそりと彼女の横顔を盗み見る。

そこそこの美人である。長いまつ毛の影が、化粧気のない頬に落ちている。すっぴんでそこそこ美人ってことは、化粧したらけっこうな美人かもしれない。

「まったく、しようがないなあ、美月ちゃんは。ゆいみちゃんが驚いてるじゃねえの」

小枝子さんはふたりを見比べ、呆れたように言った。

小枝子さんと知り合い、ということは、彼女も常連らしい。

常連仲間と知って、やや気持ちがやわらいだ。

「ゆいみちゃんはこっち来たばっかりだからさ、わかんないだろうけど。美月ちゃんはこのお湯作った人なのよ」

小枝子さんはのんびりと紹介した。

「作った？」

「そう。美月ちゃん、天天の社員さんで、新製品の入浴剤作ってるの。ほら、ここに書いてあるっしょ」

小枝子さんは大きな背中をねじるようにして、浴槽のへりから出っ張った部分を指し示した。

すべての浴槽についている、大理石でできたお湯の説明文である。

プラスティックの枠の中にはめこまれたプレートには、『彩《いろど》りピンク・かわいさ爆発・つぶつぶ入り・情熱の苺の湯』とある。

その下には小さく、『提供・天天コーポレーション　パラダイスバス』と彫ってあった。

パラダイスバスといえば、天天コーポレーションが出している入浴剤の名前である。

ゆいみは一気に笑顔になった。

石鹸も好きだが、天天コーポレーションでいちばん愛用しているのが入浴剤なのである。

パラダイスバスがなかったら、いまの職場に勤めることもなかったと思う。

「そうか、ここのお湯って、パラダイスバスのなんだ！　もしかして、入浴剤開発室にいるんですか？」

受付なので、部署名はすらすら出る。

「――そうよ」

美月の肌はかすかに上気していた。お湯の気持ちよさに、少し機嫌が直ってきたようだ。

「すごい！　あたし、入浴剤大好きなんですよ。毎日入れてます。『パラダイスバス　グリーン』大好き！　すごくあったまりますよね。香りもいいし」

「そうでしょうね」

「いろんなの集めてるんだけど、いちばんたくさん持ってるんですよ。社割で買えるんで」

「——社割？」

やや得意げに、額に落ちる髪をかきあげていた美月の手が、ぴくりと止まった。

ゆいみは笑った。

「あたし、天天コーポレーション研究所で働いているんですよ。入浴剤開発室は確か、別館の二階でしたよね」

「働いている？　あなたみたいなかわいい子が？」

美月がこちらを向いた。

かわいい、と言われても誉めている雰囲気ではない。少しの間違いも許されないような顔である。美人なだけにちょっと迫力がある。

「といっても、派遣なんです。受付にいるんですけど」

ゆいみは、あわててつけ加えた。

「——受付⁉」

美月が、ゆいみを見た。

ぴくりと眉が動き、怒りに似たものが黒い瞳に燃え上がる。

あ。もしかして今、バカにされた？　受付だから？

ゆいみはちょっとむっとする。

そりゃ、研究所の正社員様と、派遣の受付じゃ違うけどさ。こんなとこで上に立とうとしなくてもいいじゃないの。

「――わたし、炭酸風呂に入ってくるわ」

美月は不機嫌に戻っていた。一言言い置くと、ざばざばとぬる風呂から出る。

「美月ちゃんは仕事熱心なのよ。悪気はねえって。いつもああだから」

小枝子さんが呆れたように言った。

美月はタイルの上をゆっくりと横切っていく。

形のいいお尻をなんとなく見送りながら、ゆいみはつぶやいた。

「お風呂にいるときくらい、のんびりしたらいいのに」

「お風呂入るのも仕事なのよ、美月ちゃんは。新製品ができなくて怒られたりしているらしいから、苺の湯の人気を調べたかったんじゃないの」

「この苺のお湯、パラダイスバスの新製品なんですか？」

「発売になるかどうかはわかんねっぺ。新しい製品ができたら、ここで試してるの。製品にならないのも多いんだって」

「それでここ、変なお湯が多かったんだ」

ゆいみは納得した。

ピーナツのお湯、製品としては売れそうにない。あたしは好きだけど。

小枝子さんは笑った。

「変でもいいのがあるのよ、ゆいみちゃん。去年ヒットになった唐辛子の湯、あれ、ここで、はじめて使ったんだから。真っ赤でさ。どうかって思ったけど、あったまったからね」

「あ、『辛さ選べるレッドホットスパイシーバス』ね。あれ、はまりましたよ。辛さ4が最高。すごく汗が出てよかったわ」

「あれま。それ、美月ちゃんに言ってくれればいいよ。すぐに機嫌直すから」

「受付だけどいいのかな」

「関係ないっぺ。美月ちゃん、いい子だもん」

ゆいみはちょっとほのぼのした。小枝子さんは、『藍の湯』につかりに来る風呂友は、みんないい子だと思っている。

「変なお湯、あたしは好きですよ。毎日そのときの気分で、入れたい入浴剤を選んで入ってるの」

「美月ちゃん、その、入れたいってやつをたくさん作れって言われているんだよ」

小枝子さんは手をのばし、ちゃぽんととなりのお湯に手をひたした。

「しかし、この苺の湯はないわな。さっきから見ているけど、誰も入らないし。あたしもちょっと入ったけどやめたわさ。かわいくないもんね」

小枝子さんのぷくぷくした手に、苺の種を模したつぶつぶがはりついている。

確かに、あまりかわいくないな、とゆいみは思った。ていうか、出たあとで洗い流さなきゃならなそうで、面倒である。

それにしても、かわいい、という言葉が小枝子さんから出るとは思わなかった。


「おはようございますー」

次の日の朝八時半、受付の控え室に入ると、同僚の由香《ゆか》はすでに制服に着替え、デスクに置いた鏡に向かって、念入りにマスカラを塗り重ねているところだった。

受付にロッカールームはない。受付の裏にある控え室を更衣室にしている。

控え室の壁際の棚には天天コーポレーションの製品がずらりと並び、下のほうには金庫がある。

受付はショールームを兼ねていて、商品の販売もしている。この部屋には一日に何回か、総務部の社員が在庫の補充と売り上げの集計に来る。

それ以外は誰も出入りしない。実質、由香とゆいみ、ふたりの部屋である。

「おはよーゆいみ。肌つやつやしてるわね」

由香は拡大鏡から視線を送ってよこし、けだるそうに挨拶した。

「昨日、のんびりしちゃいましたからね」

「週末、元彼と会ったんでしょ？」

研究所は朝九時から始まる。

受付の常駐時間は九時から五時まで。フレックスタイム制というのもあって、社員の多くは裏の通用口を使う。残業はめったにない。頼まれて届け物を受け取ったり、総務から雑用を頼まれたりすることもあるが、それをのぞけばあわただしくなくて、ゆいみは気に入っている。

「いや元彼じゃないですよ、友だちですよ。会ったのは土曜日。昨日は『藍の湯』でまったりです」

「またスーパー銭湯行ったの？　好きよねー」

由香は拡大鏡に小さな顔を映しながら、適当に答えている。

ドライなのが由香のいいところである。同僚の私生活に興味はあっても深追いしない。

由香は年上の先輩なのだが、人間関係は「わりとどうでもいい」人で、特に頼りになるわけでもないかわり、先輩風を吹かせることもない。

「そこでいろいろあって。知らなかったんだけど、パラダイスバスって女性の研究員さんが作っているんですねえ」

「三人のうちの一人ね」

由香はまつ毛の先端を小さなビューラーではさみながら、すらすらと言った。

「女性開発員は、鏡《かがみ》美月さん。入社三年目かな。すっぴんなのに肌すっごくきれいな人でしょ」

「知ってるんですか?」

「五年も受付してればそれくらい覚えるわよ」

能天気そうに見えて仕事ができる由香は、ビューラーを机の上に置き、仕上げのマスカラをもう一度塗って、注意深く顔のチェックをしている。

「女の開発員も必要だと思うわよ。研究所は男ばっかりだけど、男と女は体感違うからね。それであたし、澤田《さわだ》君から『うるおい天国』の試作品もらえるんだもん」

由香が使っているのは、天天コーポレーションが出している化粧品のライン、『うるおい天国』である。値段のわりに高い保湿力が売りだ。

澤田は化粧品の開発員で、由香に新製品の試作品をまわしてくる。由香の肌質がいいので、重宝しているらしい。

「試作品かあ、いいなあ。あたしももらえないかなあ」

「報告するのが面倒くさいわよ」

「いや、化粧品じゃなくて入浴剤のほう」

制服のボタンをとめながら、ゆいみは言った。

心なしかタイトスカートのファスナーがゆるくなっている気がする。

こっちに来てから、やることがないので太るかと思ったらそうでもなかった。週末ごとに、炭酸風呂につかっているからだろうか。

美月が『藍の湯』の常連だというのなら、これも縁だ。せっかくだから、もっと仲良くなっておけばよかったな――。

ゆいみは着替えと化粧直しを終えて、受付に向かった。

研究所の正面玄関はまだ開いていないが、受付の横にあるコーヒーショップ『天天』はもう開いていて、かすかなコーヒーの香りが漂っていた。

由香はカウンターから外に出て、ショーケースのガラスを拭きはじめる。

ゆいみはカウンターの中で準備を整える。こまごました事務用品を引き出しから出して並べ、ペンたてにボールペンを挿す。カウンターの横に小さな梅の置物を並べる。

ボールペンは最近はやりのクマのキャラクター、ピンクのサニちゃんである。胸に大きなリボンをつけ、無表情で首をかしげている。

由香はサニちゃんが好きらしく、文房具はこれが多い。

「今日、円城《えんじょう》さん来るわよ」

総務からの申し送り表に目を通していた由香が、ゆいみに身を寄せ、さりげなくささやいた。

「え」

私物のひざ掛けを広げていたゆいみは、思わず由香に目をやった。

どうりで由香が化粧を念入りにしていると思った。

円城格馬《かくま》は、本社営業部の男性である。

たぶん三十歳くらい。肩書きは営業部企画課長で、去年あたりから、ひんぱんに研究所に出入りするようになったという。秘書を連れていることもある。

円城というのは天天コーポレーションの社長の苗字である。どうやら彼は社長の息子、つまり御曹司であるらしい……とは、由香が教えてくれたことである。

長身で、肩幅が広くて、ハーフっぽい顔立ちとやや長めの黒髪が、サラリーマンらしく見えない男である。本社ではさぞ女性社員からもてることだろう。

「昨日も日曜なのに来てたんだって。円城さん、最近特によく顔を出すのよね。どこかの研究室で、極秘プロジェクトでも進んでいるのかしら」

「めあての女の人がいるんだったりして」

ゆいみが言うと、由香が、はっとしたように顔をあげた。

「もしかしてあたしだったりして」

「いやん由香さん、結婚式呼んでくださいよ〜」

「もちろんよ。引き出物で、うる天の天国セット出しちゃうわよ」

「あたしはパラバスの入浴剤セットのほうがいいなあ」

仕事前のひととき、幸せな妄想にひたっていると、エレベーターが開く音がした。

由香が一瞬のうちに顔をひきしめて、廊下奥の方向を見る。

ゆいみは、受付の内側にある時計を見た。

八時五十九分。正面玄関は開いていない。コーヒーショップ『天天』にも客はおらず、ひっそりとしている。

エレベーターが使われているとしたら、早く出勤していた研究員である。

しばらく無言で背筋を伸ばしていると、こつこつこつ、とヒールが床を踏む音がして、人影があらわれた。

「おはようございます」

「おはよう」

あらわれたのは、女性である。

長身に白衣を身にまとい、素足に華奢《きやしや》なサンダルを履いている。

女性はまっすぐに受付にやってくると、ゆいみと由香を見比べ、制服のネームプレートに目をやった。

「ゆいみさん、よね？　砂川《すなかわ》ゆいみ。天天コーポレーション研究所の受付って、ここしかないわよね」

「は、はい？」

誰だっけ、と思うほどでもなかった。長い髪を垂らしているので、最初は気づかなかったが。

美月である。

グイーン、と正面玄関の自動ドアが解除される音がした。

「今、時間があるかしら。入浴剤開発室に来てくれる？　ちょっとお願いがあるの」

時刻は九時。就業開始。

美月はゆいみの就業時間になるのを待っていたようである。律儀だ。

由香を見ると、軽くうなずいていた。行ってきなさい、ということらしい。

ゆいみはすぐに立ち上がった。

派遣社員たるもの、社員の言うことは聞かなくてはならない。

もしかしたら、未発売入浴剤の試作品をもらえるかもしれないし。


「あなた、化粧してるわね」

と、美月は言った。

かつかつかつ、とサンダルの音を響かせて、美月は歩いている。

ゆいみは少し離れたうしろを歩いているが、音はしない。パンプスのかかとに、音をさせないゴムを貼ってあるのである。

受付に座っているときは健康サンダルを履いているのだが、もちろん履き替えてきた。

「あ、はい」

ゆいみは答えた。

ゆいみと美月は、エレベーターで二階まで行き、別館の入浴剤開発室へ向かう渡り廊下を歩いている。

あたりは誰もいない。もともと、別館にはそれほど人の出入りがない。

建物の中は熟知しているが、足を踏み入れたのは、勤め始めた初日に案内されたとき以来だ。

「化粧は落としたほうがいいわ。香りがわからなくなるから」

「あの、受付なので。メイクしなければいけないんです。決まりで」

「受付ね。受付の女の子。あなたみたいな人が、かわいい女の子っていうんでしょう」

「は……」

ゆいみは言葉に詰まった。

齢《よわい》二十四歳。自分では女子だと思っているが、同年代の女性に、わたしはかわいい女の子です、と真面目に言えるほど神経は太くない。

廊下のつきあたりに来ていた。美月の前にはドアがある。ドアの横には、そっけなく『入浴剤開発室1』というプレートがかかっている。

美月はドアの前でぴたりと足をとめた。

「――言われたのよ。受付にいる女の子を見てみろって。毎日しっかりメイクして、髪巻いて、ピンク色のボールペン使って。女なのにピンクが好きじゃないなんておかしい。わたしに足りないのはああいう、かわいい女の子の部分なんだって」

「はい……あの、誰が」

「格馬」

かくま。

おまえにはかわいげが足りない、って――。

……それって、あなたの彼氏でしょうか。いえ、別に知りたいわけじゃないですけれども。

そういえばその名前、耳に覚えがある。

さっき、由香と話したときに。

本社営業部企画課長、円城格馬――。

本社エリート、御曹司（たぶん）。

いや、まさかね。

「格馬が、女の子向けに、もっとかわいいお湯を作れってうるさいのよ。ピーナツの湯も、メロンの湯もダメ、ピンクがいいって言うから、苺の湯を作ったのに、気に入らないんだって。だから昨日、『藍の湯』に行ったんだわ。女の子がどれだけ入るか見てみようと思って。そうしたらあなた、入らないんだもの。受付！　受付が！　格馬は、受付の女の子が、気に入るお湯を作ってほしがってるのに！」

美月は両手を握りしめ、絞り出すようにつぶやいた。

それで、あたしが受付だって言ったとき、怒ったのか……。

怒りのポイントはよくわからないものの、派遣だからバカにしていたわけではなかったと知って、ゆいみはほっとした。

美月は唇をひきしめて、ドアのノブに手をかける。

かちゃり——と音がして、ドアが開く。

「——どこに行ってたんだ、美月」

低い男の声がする。

ゆいみは、息を飲んだ。

目の前の光景に、目を奪われる。

目の前にいるのは、モデルみたいなきれいな男。

円城格馬だ。

これまでちらっとしか見たことがなかった。長身、ハーフっぽい小さな顔に、サラサラした黒髪。スーツの上着を脱いでネクタイをゆるめ、シャツの袖を肘《ひじ》までまくりあげている。

黒髪が少し濡れて、だらしなくなっていても、近くで見たら本物の美形。

まさかと思ったけど、円城さんと美月さんがなんで――。

いや、そんなことはどうでもいい。どうでもよくないが、とりあえずどうでもいい。

広い開発室には、いちめんのお風呂。

なみなみとお湯をたたえた、たくさんのバスタブが、ずらりと並んでいたのである。

夢のような光景だ。


「わたしに欠けてるっていう部分を持ってきたのよ、格馬」

美月は強い声で言い放つと、ゆいみを室内に入れてぱたんとドアを閉めた。

格馬は黒い大きな目を細め、ゆいみを見る。

「あっあの、砂川ゆいみです。研究所の受付をさせていただいています」

「――円城です。なぜここに？　開発員でもない女性が？」

「それはあの、あたしがお聞きしたいことでもあって……」

ゆいみはしどろもどろになりながら挨拶した。

無理やり連れてこられたのに歓迎されていない、という状況は辛すぎるが、そんなことより、ゆいみの目は、格馬のうしろに広がるバスタブに釘付けである。

パラダイスバスの開発室は、奥に広い部屋だった。

左半分には、十二槽の浴槽が並んでいる。

手前の八槽は、ゆいみのマンションにあるのと同じような、住宅サイズの白い浴槽である。

奥にある残りの四槽は、ステンレスの四角い浴槽と、檜《ひのき》風呂、丸い五右衛門《ごえもん》風呂、それからいろんな装置のついたジェットバス。

浴槽はすべて、赤やピンク、緑、青、いろんな色のお湯で満たされ、白い湯気をたてていた。

それぞれの浴槽の間は、白いカーテンで仕切られているようだ。

いまはすべて壁際に寄せられているが、カーテンを引けば、誰にも見られることなくそれぞれのお湯に入れそうである。

「情熱のストロベリー・バス、この子に入ってもらおうと思ったのよ。わたしじゃわからないっていうなら、格馬だって同じじゃない？」

ゆいみが浴槽に見とれているのに気づいているのかいないのか、美月は格馬に向かって言っている。

はっ、と格馬は肩をすくめた。

外国人のようなしぐさだが、ハーフめいた顔には似合っている。

「全部入ってみたが、どれもぴんと来なかった、美月。りんごの湯、メロンの湯、苺の湯はともかく、ブロッコリーの湯とピーナツの湯ってのがいちばんわけがわからない」

「瓜は体を冷やすのよ、格馬。果物だけなのは難しいわ」

「女の子はそんなの気にしない。かわいければいいんだ」

「冷えないのは必須よ」

美月は白衣の袖をまくりあげ、部屋の中につかつかと入っていった。

いちばん近い浴槽の近くに行くと、ひざまずく。そのまま、ピンク色のお湯の中に手をつっこんだ。

壁際の蛇口にはホワイトボードがあり、無造作な字で、「苺」と書いてある。

ああ……。

ゆいみはうっとりとバスタブを眺め、肘までつかった美月の腕を見る。

宝石みたいにキラキラしている。たくさんのお風呂。

入りたい……。

「女の子はピーナツなんか好きじゃない。柿ピーが好きなのはおまえくらいだ」

美月の白衣が割れて、素足のひざがむき出しになっているのに目もくれず、格馬が言った。

「みんな好きよ、隠しているだけだわ。風呂上がりといえばビールと柿ピーよ。そうでしょ、ゆいみ？」

「え、あたし？」

声をかけられて、あわててゆいみは表情をひきしめる。

「あ、えーっと。あたし、ピーナツの湯はけっこう好きだったかな、なんて。あ、柿ピーは柿の種のほうが好きですけど」

「ほら聞いた？　格馬。ゆいみは本物の受付の女の子よ。ピーナツの湯は合格だわ」

「……こんな子だったかな」

格馬はちらっと口の中でつぶやいたが、すぐに穏やかな表情になって、ゆいみに尋ねた。

「苺の湯はどうですか？　砂川さん」

さすが営業というべきか、ていねいに格馬は言った。

どうやら、美月に対するのとでは態度が違うようである。

「ええと……この間のやつですよね。……入る気がしなかったです。色があの」

「なん……だって」

「なんですって」

ふたりが同時にゆいみを見る。

「だから言ったんだわ。苺はだめなのよ、格馬」

はき捨てるように美月が言った。

言い争っていたくせに悔しそうなので、ゆいみはあわててフォローする。

「でも別に、嫌いな色ってわけじゃなくて。あたし、昨日は二日酔いだったから。前日にみんなに責められて、よくないお酒飲んで、いやーな気持ちを洗い流したくて行ったから、新しいものにチャレンジする気になれなかっただけです。普通の日だったら、面白そうってすぐに入ったかも」

「気持ちの問題ということですか？」

「うーん、そうですね」

「気持ちだけ？　そういうことなの？」

美月がうながした。

ふたりとも早口なので、ついていけない。ゆいみは懸命に、昨日見たつぶつぶ入りの苺のお湯を思い出す。

「あと、つぶつぶが苦手かな。きれいになるために入ったのに、出たときに落とさなきゃならないのが面倒かなって。あとから溶けるなら、いいと思います。なんて。あはは」

「きれいになるために入る……。そういうことですか」

「つぶつぶを入れたらかわいいって言ったのは格馬よね。わたしは反対だったわ。意味がないもの」

「苺らしくてかわいいだろうが」

「苦手だって言われたじゃないの」

　ふたりがゆいみに注目する。

　ゆいみはためらいながら、言った。

「えーっと、苺がかわいいって言っても、つぶつぶがかわいいって思っている人ってあまりいないと思います。苺のつぶってアップで見るとキモ……いえあの、きれいじゃない感じで。苺がかわいいのは、形とか色とかですよね。あと味」

「苺の入浴剤、入りたくない？」

「いや入りたいですよ。でも入るなら、もっとこう、ふんわりした感じでですね……」

「ふんわりした感じ」

　美月は自分に言い聞かせるようにつぶやいている。

　こんな答えでよかったのかどうか。美月のとなりにいる格馬は、ややショックを受けているようである。

美月は手をお湯から出すと、浴槽の壁際にとりつけてある温度計に目をやった。

「四十度のお湯、二百リットルにつき、製剤百グラム。香りは少し飛んでいるけれど、あとは最適よ。ほかには？　色は？」

ゆいみは浴槽に近づいた。

お湯は透明な赤に近いピンクである。つぶつぶは入っていない。

「個人的には白っぽいピンクのほうが好きですけど……。こういうのって、入ってみなきゃわからないからなあ」

「そうね。入ってみて」

それまで黙っていた格馬は、ゆっくりとうなずいた。

「そうですね。つかってみないとわからないでしょう。これに、どれくらいふんわりを足せばいいのか。十分入って報告してください」

格馬は腕の時計に目をやっている。

「あ、はい……って、ええ？」

ゆいみはふたりを見た。

ふたりとも当然のようにゆいみを見守っている。

「あの、入れって、このお湯に、ここで？」

ふたりとも何も言わないので、おずおずとゆいみは尋ねた。

美月は、うなずいた。

「そうよ。大丈夫。そこの脱衣籠《かご》にタオルがあるわ。カーテン閉まるから、入っているところは見えない。浴室を準備してもいいけど時間がかかるし。血圧や体温上昇率を調べるんじゃなくて、お湯のあたりを感じてもらいたいだけだから」

ゆいみは浴槽を見つめた。

ほわほわと白い湯気とともに、かすかに苺の香りが漂っている。

並ぶバスタブ。試作の入浴剤に、たくさんのお湯。

いかにも気持ちよさそうである。

入りたい。

入りたいけれども！

せめて美月だけなら、思い切って脱いじゃうところだけれども！

「いや、ダメですよ。あたし、いま仕事中で。あとのこと先輩に任せてきちゃったし」

片方が休むときもあるし、ひとりでもまわる仕事ではあるが。トイレに行ったり、案内したりするときの予備要員が必要である。

だから受付はふたりなのだ。のんびりお風呂に入るような時間はない。

「入るだけよ。十分で終わるわ」

「終わりませんよ！　化粧したり髪直したり、けっこうかかるし。お風呂に入るってそういう時間も含めてのことでしょ。そんなに急いで入ったって、気分が出ないです」

「——なるほど。確かに」

美月は黙りこみ、格馬はうなずいている。

説得できたらしい、とほっとしていると、かたわらにいた美月が白衣に手をかけた。

「——わかったわ。わたしが入るわ」

美月は白衣に手をかけ、ボタンをはずした。

下はショートパンツとシャツである。

白衣でしゃがんでひざが出たときから、まさかと思っていたが、ショーパンで研究をしているとは——。

と思いながらぼんやり見ていたら、美月はショートパンツのファスナーに手をかけて、おろそうとしているではないか！

「ダ、ダメですよ！　美月さん！　男子が！」

あわててカーテンを引き、ふりかえると美月は脱ぎ終わっていた。

白衣と服の下は、ベージュのぴったりとしたボクサーパンツと、スポーツブラ。

「これは水着よ。仕事中はいつでも入れるようにしているの」

美月はこともなげに言った。

「水着ですか……」

なんで水着着てるんだ、職場で。ここは海か。

「――どうなんだ、美月」

カーテンを一枚へだてた向こうから、格馬の声がする。

美月はそのまま、ちゃぽんと足を湯船に入れ、注意深く、ゆっくりとお湯につかった。

「……どうですか？」

いきがかり上、ゆいみは尋ねた。

カーテンは引いたままである。いくら水着を着ているからといって、格馬に見せたくない。

たとえ、これまで何回となく見ているような雰囲気であってもだ。

「悪くないわ」

美月は浴槽に背中をよりかからせ、ふう、と息を吐いた。

「弱アルカリ性なの。香りづけには本物の苺の香料も入っているのよ。いちばん香りのたつ時間は終わっているけれど。入った感じは別府《べっぷ》の温泉に近いかしら」

「温泉ですか。いいですねえ」

「温泉好きなの、あなた」

「そりゃ好きですよ。大好きです！」

ゆいみは力強く答えた。

美月はにこりと笑った。

美月が素直に笑う顔を見たのははじめてである。子どものように幼くなる笑顔は、思っていたよりもかわいかった。

「ピンクは女性ホルモンが活発になる色で、肌がきれいになるでしょう。発汗して、意識も高揚するわ。名前を考えてるのよ。情熱のストロベリー・バス。恋する女の子の気持ちってこんな感じなのかしら？」

恋する気持ち。そんな言葉が、美月から出てくるとは思わなかった。少しどきどきした。

美月の白い肌の上で、ゆらゆらと揺れる赤いお湯は、ちょっと官能的で、とてもきれいである。

苦い恋の気持ちも、前向きに洗い流してくれそう。

苦い恋とか。……変なことを思い出してしまった。

「恋する気持ち、か……」

ゆいみは思わずつぶやいた。

「いいと思う？　あの——」

ゆいみがちょっと真顔になったのを感じとったのかもしれない。美月がややけげんそうに、聞き返す。

「あ、砂川です。ゆいみです」

「ゆいみ。この苺のお湯、いいと思う？」

「うん。前のよりは香りも大人っぽいし。入りたい感じはします」

ゆいみは浴槽の横にひざまずき、指先を入れてみる。

ちゃぽん、という音をたてて、赤いお湯が揺れる。

……入りたいなあ。

気持ちよさそうだな。

やっぱり入ればよかったかな。

お風呂に入れば、幸せになる。苦い恋も洗い流してくれそうで。

「あの、足だけつけていいですか」

たまらず、ゆいみは美月に言った。

「いいわよ」

ゆいみはカーテンの中で、ごそごそとストッキングを脱ぎはじめる。

「なんでストッキングなんて履いてるの？　うっとうしくない？　道を歩いていて、足湯があったらどうするの？」

いや、道に足湯はありません、普通。

とは言わないでおいて、ゆいみはタイトスカートをまくりあげ、浴槽のふちに座った。

そっとお湯に足をひたす。

気持ちいい。

最初は少し熱いけど、慣れたらいちばんいい熱さ。パンプスとストッキングを履いていた足にはなおさらだ。

「かわいい、っていうにはやっぱり赤すぎるかなあ」

お湯にじっくりと素足をつけながら、ゆいみは言った。

「恋する女の子の気持ち、っていうには？」

「うーん」

ゆいみは浴槽のふちに座り直して、言った。

「ラブリーな感じではありますね。でも、恋愛って人によりますからね。みんながいいって言うものが、自分にいいとは限らないし」

少なくとも、いまのあたしの気持ちじゃない、とは言えなかった。

「どういうこと？」

美月が不思議そうに聞き返す。

「甘いばっかりじゃないというか。ダメだと思っても好きになっちゃうことってあるでしょう。反対に、いい人でも許せないこととか。他人にはささいなことに見えても、そういうのが、ひとつあると、どんなに好きでも別れなきゃならないとか。ピーナツのお湯でもメロンのお湯でも、苺よりもそれがいいって人もいると思うんですよね」

「ふう……ん……？」

美月はけげんそうな顔をしている。

ゆいみはあわてて、話を変えた。

「すみません、ちょっと個人的な感情入ってて。美月さんだって、経験あるでしょ？」

「ないわ」

美月は、きっぱりと答えた。

「あ……ないんですか」

やや気まずい。

「じゃあ、あの――」

天天コーポレーションの御曹司（たぶん）を呼び捨てにしているのは――と言いかけたところで、声が外からかかる。

「おい、どうなんだ、美月！」

「あれは放っておいて」

美月はじっと手のひらのお湯を見つめた。

タオルで巻きそこねた髪が、ちゃぽん、とお湯に落ちる。

「恋愛って、ピンク色なんでしょ。だからこの色にしたんだけど」

「まあ、確かに恋愛初期って、目の前にピンクのハートが飛んでるときとかありますけど」

「目の前に、ピンクのハートが飛ぶ」

「あの、真面目に繰り返さないでください美月さん。例えです」

「わたしは一般的な、かわいい女の子の気持ちを知りたいのよ。やっぱりピンクを好きになったほうがいい？」

美月はゆいみの、制服のポケットに目をとめている。

ポケットにはピンクのサニちゃんのボールペンを挿してある。

由香のものを借りて、そのまま来てしまった。由香はピンクが大好きだ。ゆいみもネイルや口紅はピンクである。受付は派手な化粧ができない。制服は水色である。必然的に、ピアスや髪につけるものも淡い色が多くなる。

「ピンクにこだわる必要はないと思いますよ、美月さん。青のほうが好きだって人だっているでしょうし、それは別に悪いことじゃないでしょう」

ゆいみは言った。

「でも、格馬はそれじゃダメだって言うわ。みんながかわいいと思うものを、かわいいと思えって」

「そんな、男の言うことを」

彼氏でもないのに真にうけたらいけません！　と思わず言いそうになって、ゆいみはあわてて口をふさいだ。

「こう思えとか、命令されても困りません？　たとえ会社の偉い人であっても。人に言われたからといって、変われないですよ。好きなものは嫌いになれないし、嫌いなものを好きになるのも無理です」

ゆいみは思わず、力説した。

「あたし、ピンクのサニちゃんよりもブルーのセナちゃんのほうが好きなんですよ。たとえ、みんなが好きなのがサニちゃんであっても。そういうの、単なる好みでしょ」

「わたしが好きなのはガラッパよ」

「……それ、なんですか？」

「九州の河童《かっぱ》よ。すごくかわいいのよ。頭にお皿があって。頭がよくて、優しいの。わたしの理想だわ」

「かっ……」

ゆいみと美月は見つめあい、美月は目を逸らすと頭を抱えた。

「やっぱりダメなんだわ、わたし！」

「いっいや、ダメじゃないですよ！　きっとすごくかわいいですよ、ガラッパ！　知らないけど！」

「でも、あなただってピンクが好きなんでしょう？」

「普通に好きですけど。美月さんは何色がいいんですか？」

「温泉は白一択」

あたし、温泉の話してたんだっけ？

美月の気にするポイントは、どこかずれていると思う。

入浴剤の開発というのはこういうものなのか……。

お湯に足をつけて話しているうちに、だんだん話の内容はどうでもよくなってきていた。

じんわりと体中が温かくなり、額が汗ばんでくる。

「なんか、いい感じになってきました。美月さん」

ゆいみは言った。

「美月でいいわよ。そのほかに何か、こうだったらいいってことない？」

「このお湯ですか？　情熱ならいいけど、かわいいにこだわるとなると、やっぱり色ですね。苺の赤は強烈です。悪い恋を吹っ切るにはいいかもしれないけど、女の子がイメージする苺といったら、苺ミルクとかショートケーキとかになるわけで……」

足だけでもお湯につかっていると、リラックスしてくるから不思議である。

こういうのも研究っていうのか。

だったらあたしも、研究員になればよかったな――。

「どうなんだ。かわいいのか、かわいくないのか。おい美月！」

美月とふたり、まったりとお湯を味わっていると、カーテンの向こうから、耐え切れなくなったような格馬の声が再び聞こえてきた。

「ふー」

その日の夜、ゆいみは、自宅のお風呂が三十九度になっているのを確かめたあと、ちゃぽんと入浴剤を入れた。

美月からもらった、情熱のストロベリー・バスの試作品である。

風呂のふたには、ブックスタンドと雑誌とスマホ。乾いたタオル。

スマホは、お風呂でも使えるファスナーつきのビニールケースに入っている。

充電器は事故のもとだから、けして持ち込んではいけない。

いまいちばん欲しいのは、お風呂で観られるブルーレイ再生機だ。

結局、午前中いっぱい、開発室で過ごしてしまった。

格馬が、このことは仕事として総務に通しておくと請け合ってくれたのと、由香がまったく気にしていなかったのが幸いだ。

「円城格馬に引き止められたんなら仕方ないわ。あたしだったとしても帰らないわよ」

帰り際、情熱のストロベリー・バスの試作品をバッグにしまいながら、由香は言った。

午前中いっぱい、ひとりで業務をこなしたわけだが、由香は気にしていない。入浴剤開発室に格馬がいた、と話したときがいちばん興奮していたくらいだ。

「で、かっこよかった？　円城さん」

「かっこよかったです。変だったけど。すごく変だったけど」

しかし、美月も変だったので、あまり気にならなかった。

美月とふたりで浴槽でくつろいでいると、格馬も耐え切れなくなり、俺も入る！　と宣言したのだ。

格馬はとなりの浴槽にお湯を張りなおし、新しい苺の湯の試作品を入れて、ワイシャツを脱ぎ捨てた。

並んだバスタブ。カーテンを開ければ全裸。

しかしなぜか、それがあたりまえに感じられてしまい、カーテンをはさんで風呂談義をして、午前中が終わったのだった……。

「開発員って変なのが多いからね。それくらいの変は普通のうちよ」

由香はこともなげに言った。

私服に着替えたあと軽くメイクを落とし、やり直している。私服の由香は、仕事中よりも化粧が薄い。

「惜しかったですかね。上半身くらいおがんでおけばよかったかな」

「円城さん、鍛えてそうだもんね～。あたしだったら間違ったふりしてカーテン開けちゃう、絶対」

「案外気にしないかもしれませんよ。美月さんも恥ずかしがってないし、あのふたりなら、そのまま普通に裸で話し続けそう」

ていうより、もはやカーテンなしでも気にしないような気がする。

だいたい、ふたりはくだけすぎている。入社三年目の開発員と本社の課長が、なんであんなに同等の口をきいて、ケンカしながらお風呂に入っているのだ。

美月はただ無愛想なだけで、悪気はまったくなさそうである。

それがわかったのはよかった。

「円城さんがなんのために来たかはわからないけど、仕事だけじゃ、あんなに入浴剤に熱を入れるわけがありません。日曜に来て、今日も朝からいたみたいだし。あれはかなりの風呂好きです」

「あはは。ゆいみ、ルックスよりも風呂好きがポイント高いのね」

由香は笑いながらピンクのバッグを持ち、従業員カードを機械に触れさせる。

ピッ、と音がして退出の時間が押される。この音をさせたあとは、由香は会社に長居しない。

「そういうの、気にしないほうがいいわよ。いい男は遠くから見て楽しむだけでいいの。元彼ひきずるなんてバカみたいじゃない」

由香は最後にそう言い置いて、先に控え室を出た。

高志《たかし》のこと、由香さんに話したっけ、あたし？

ゆいみはバスタブのふちに体をもたれさせ、入社してからのこの一月《ひとつき》、由香と話したことを思い出す。

由香とはランチの時間をずらしているので、一緒に食事をしたことはない。飲みに行ったこともない。この仕事を選んだのは、人間関係がわずらわしくなさそうだから、という理由もあるのだ。

とはいえもともとおしゃべりな性格だし、メイク中は恋愛談義に花が咲いたりするし、バカ話のついでに、ぽつぽつと自分のことを話したりはする。

ひとり暮らしの身となれば、会社の同僚というのは、家族よりも親友よりも一緒にいる時間が長いのだ。

……由香さんはあれで鋭いよなー。

人間関係どうでもいいとか、人間関係うまくわたっていける人だから言える台詞《せりふ》だよね。

あたしは、どうかな。

ゆいみはそっと、手のひらでお湯をすくいあげてみる。

赤いお湯である。甘い苺の香りがする。温まる。

でも、やっぱり赤が強すぎる。この赤に甘い苺の香りというのも、合わない気がする。

苦い恋を洗い流すにはいいけれど。

恋する気分の苺ってのは、苺ミルクかショートケーキ。もっとふんわりと幸せで、まわりをニコニコさせるものだ。

「恋する気分、かあ……」

美月さん、やたらこだわってたな。恋と、かわいい、に。

このお風呂につかれば、新しい恋ができる、とか。

そういう入浴剤、作ろうとしているのかしら。

……ダメだなー。

ゆいみはため息とともに首を振り、赤いお湯をすくい上げて、顔を洗った。

忘れようとしてこっちに来たのに、ぜんぜん忘れてないじゃん、あたし。

高志と別れたことは後悔してない、と、あらためてゆいみは思う。

復縁なんてしたくない。

長いつきあいだから、何か欠けてしまったような感じがするのは仕方がないのだ。

あんないい人いない、高志君がやり直したいと言っているうちに復縁して結婚しろ、って、親友の春菜《はるな》に言われたって、自分の中で許せないものがある。

春菜にとっては、学生時代につきあってた彼がせっかくいいところに就職したのに、二十四歳で別れて、派遣社員をやりながらひとり暮らしを始めるなんて、バカじゃないの？　ということになるらしい。

正直ゆいみも、自分がふった側であることが信じられない。高志がゆいみに未練があるときいて、驚いているくらいなのである。

でも忘れるの。決めたんだから。

ゆいみは、肩まで赤いお湯につかりながら、自分に言い聞かせる。

春菜のためにつきあっていたわけじゃないし。

東京へ行けば高志と会っちゃうかもしれない。だったら、当分こっちにいればいい。

『藍の湯』はいいお湯だし、小枝子さんも由香さんもいい人だし、社割で入浴剤だって買えるし。

美月さんとだって、もっと仲良くなれるかもしれないし。

ここにいたって、好きな人くらいできるでしょう。

たとえば、円城格馬とか。

開発室でワイシャツをぱっぱと脱いじゃういさぎよさ。風呂好きの変わりもの。

彼と知り合いになれただけでも、ここに来てよかったというものだ。

なんで円城さんが入浴剤作りを手伝っているのか知らないけど。

幹部候補の課長が、入浴剤作るもの？

もしかして、めあての女の人がいるんだったりして。

めあての女の人、って——。

（わたしに足りないのはああいう、かわいい女の子の部分なんだって——）

それを聞いたとき、ゆいみは、それって彼氏が言ったんだろうか、と思ったものだったが。

お湯につかりながら、なんとなく考えこんでいると、スマホがぶるるるとふるえはじめた。

「は、はい！」

ビニールごしに思わずとる。

登録してない相手だ、と気づいたのは、とったあとだった。

「もしもし」

「た——高志？」

頬が熱くなる。

そう、高志はいつも、こっちがお風呂に入っているときに限ってメールをしてきたり、電話をかけてくる男だった。

だから、お風呂に入るときは、スマホは専用のビニールケースに入れて持参、というのが日常になってしまっていたのだ。

「――円城と申しますが。砂川ゆいみさんですね？」

やけに長い数秒ののちに、気まずそうな声がした。

あやうく、ビニールスマホをお湯の中に落としそうになる。

「すっ、すみません！　円城さん。はい、あたし砂川です！」

「いや、私的な時間にかけたのはこっちだから」

聞き取りにくいビニール越しの声は、開発室にいたときの声が嘘《うそ》のように落ち着いていて、涼やかだった。

「会えませんか？　砂川さん。話があるんです。個人的に」

そして格馬は、低い声で、ゆいみを誘ったのである。

「総務から電話番号をきいたんですよ。急にかけて悪かったですね。明日には本社に戻らなければならないもので」

会って早々、格馬はゆいみに謝った。

ここ、さくら市ではいちばん格が上、ということになっている、さくららシティホテルの喫茶室である。

ゆいみのマンションからは自転車で十五分。

格馬は窓際の席に腰かけて、ゆったりとカップを傾けている。

ゆいみは、ピンクのワンピース姿だ。ジャージ素材でふわっとしているので、見かけよりも動きやすい。

湿った髪はうしろでまとめ、大急ぎで粉をはたき、眉だけ描いてとんできた。

スカートで自転車に乗るのはいかがなものかと思ったが、勤め先の御曹司（たぶん）と会うのに、ラフすぎてはいけない。

「いえ、ぜんぜん。用事ってなんでしょうか」

ゆいみは格馬の向かいに腰かけ、なるべくさりげなく尋ねた。

勤務時間外に、年上の男が、ホテルの喫茶室に誘ってくる、となると、いやでもいろいろ考えてしまう。

由香なら、たとえ格馬といえども勤務時間外、それも夜に呼び出されたら断りそうだが。ゆいみはそれほどドライにはなりきれない。

「――美月のことなんですが」

……だよねー。

ゆいみは心の中で肩を落とす。

いや、期待したあたしがバカなんですけど。

格馬はスーツだった。仕事帰りらしい。普段は東京の本社勤めだから、さくらら市に滞在するときは、ホテルに泊まるのだろう。

格馬はゆいみにローズヒップティー、自分に二杯目のコーヒーを注文した。

「美月は、あなたに心を許しているようだ。開発室で話していましたよね。あの中に入れないのが残念だった。こればかりはぼくにはできない。美月はあまり話さないのです。あのとおり、愛想のない女性で。いったい、どんな話をしていたんですか？」

「お風呂の話です」

ついついそっけなく、ゆいみは答えた。

一日の最後に、お風呂で至福のときを過ごしていたというのに、化粧までして出てきた自分がバカみたいである。

由香に話したら笑われそうだ。

だから言ったのにー、言ってないけど、なんて。

「幻の温泉の話ですか？」

格馬は尋ねた。

「幻の温泉？」

「いや……その話じゃないならいいんだが」

格馬は自分の言葉を打ち消し、ごまかすようにコーヒーを口に運んだ。

「美月は、あのとおりかわいげがない。問題です。美月がいま開発している苺の湯、パラダイスバスのフルーツシリーズとして売り出す予定なんですよ。『パラダイスバス　グリーン』の成分をベースにして、新鮮なフルーツのイメージで三種類。発売は来年の予定です。ベースがあるので、比較的早いですね」

「はあ……。それが、美月さんのかわいげとなんの関係が」

「ターゲットが、つまり購買層のことですが、二十代の働く女の子なんです」

格馬はさりげなくゆいみを眺め、穏やかな声で続けた。

「『パラダイスバス　グリーン』は炭酸水素が主成分で、肌荒れに効きますが、パッケージが女の子向けではない。今回は女性向けです。働く女の子が、今日一日のできごとを思い出しながら、ささやかに楽しめるフルーツの湯。しかし、美月は女の子の気持ちがまったくわからないのです」

「まったくってことはないと思いますが……。働く女の人といったら、美月さんも同じです。なんであたしの意見なんですか？　あたしは確かにお風呂大好きですけど、美月さんはプロでしょう」

「いや。美月じゃだめなんですよ。あなたのような子がいいんです」

「あたしのような、って？」

ゆいみはきょとんとして、格馬を見つめた。

格馬はゆいみを見つめ、すらすらと言った。

「ピンクが好きで、きちんとお化粧して、おしゃれをして、彼氏もいる。かわいいから、男女問わず友だちがたくさんいて、飲んだり遊んだり、洋服を買ったり、合コンなんかもするんでしょう。毎日のお風呂を楽しみにして、派遣の仕事をこなしているような女の子です」

「…………」

ゆいみは黙る。

なんか……ちょっと失礼なやつだな、こいつ、と、思った。

かわいいと言われても、あまり嬉しくない。

あたしのこと、知りもしないくせに。

悔しいのは、格馬の言うことがほとんど当たっていることである。

ゆいみは確かにピンクが好きだし、友だちと遊ぶのも、お風呂も大好きである。

違っているのは彼氏がいないということくらいで。

しかし、それにしたって、女の子、とひとくくりにするのはあんまりじゃないか。

美月に対しても。だめだとか、決めつけることはないでしょう。

合コンなんて行かなきゃいけないものでもないし。入浴剤の研究するのに、メイクは邪魔そうである。すっぴんなのは仕方ないじゃないの。

本当の美女は化粧もピンクも要らないのよ。ドドメ色の服着たって美女なのよ。

湯上がりとか水着姿とか、さんざん見てるくせに、美月の素材のよさがわからないのか、こいつは。

「――ぼくにはわからない。美月が何を考えているのか」

ゆいみの考えていることに気づいているのかいないのか（たぶん気づいてない）、格馬は苦く笑って、コーヒーを口に運んだ。

「彼女は、最高の温泉を再現したくて天天コーポレーションに入ったはずなんです。それなのに、フルーツのお湯を作れ、と言われて、怒っているのかもしれない、と思う」

「最高の温泉ですか。そういえば美月さん、温泉の話をしたとき嬉しそうでした」

「嬉しそうでしたか！」

急に格馬が身を乗り出してきた。

ゆいみは身をひく。さきほどまでの冷静なサラリーマンの姿と違いすぎる。

「あ、……いや」

格馬はゆいみが驚いたのに気づき、横を向いて足を組みなおした。

「つまり……どんな話を？」

「たいした話はしてないですよ。あたしが温泉好きだって言ったら笑ってて、それがすごくかわいかったんで……。美月さんは、円城さんには話さないんですか？　そういうこと」

ゆいみは言った。内容はともかく、あまり告げ口のようなことはしたくない。

「話さない。――どうしてなんでしょうね。知り合ってから長いんだが」

「うーん……どうしてでしょうねえ……」

なんか、あまり話をきいてもらえなさそうだから。これはこういうもの、とすぐ決めつけてきそうで。

と言うわけにもいかず、ゆいみはローズヒップティーに口をつける。

繊細なガラスのカップである。ガラス越しの赤いお茶は、とてもきれいだ。

「美月にかわいげがない、と思うのはそういうところです」

しばらく沈黙が落ちたあとで、格馬が口火を切った。

「今回の、恋する女の子のお湯、というコンセプトを出したのはぼくなんですよ。抽象的ですが、少しは美月も、女の子の気持ちになって考えてくれるかと思って。しかし、やはり美月にはわからないようです」

「わかろうとしてますよ、美月さんは」

「でも、わからないんです。何かずれているんです。美月には、欠けているものがある。初めて会ったときから、思っていました。まるで幻のようだ。女性が本来持っているべきものを、美月は持っていないのです」

ふいに、胸が、ズキ、と痛んだ。

欠けているものがある、とは、ゆいみも言われたことがある。それも、つい最近。

ゆいみには、欠けているものがあるのよ――って。

高志さん、プロポーズしてきたんでしょ？

あんないい人見たことないよ。優しいし、誠実だし、七ツ丸《ななつまる》商事の社員よ。ゆいみにはもったいないくらいなんだよ？

なんでそんな理由で別れるのよ？　おかしいよ、ゆいみ。わがままだよ。

高志さん、泣いたってよ。復縁しなよ、今が最後のチャンスよ。

思いやりが足りない、かわいげがないんだよって——。

そんなの、他人に言われることじゃない。

言っていいのは、親か恋人だけだ。

「——なんですか、美月さんに欠けているものって」

ゆいみは言った。思わず、低い声になってしまった。

「だから、言ったとおりですよ。美月はあのとおり、理系の才女でね。大学まで勉強ばかりで、卒業してすぐにここに来たものだから、二十五歳の女の子にしては、圧倒的に経験値が足りない——」

「美月さんはかわいいですよ、格馬さん。なんで気づかないんですか」

ゆいみはローズヒップティーをテーブルに置いた。

「美月さんは怒ってなんてないですよ、円城さん。フルーツのお湯、一生懸命作ろうとしているだけです。『藍の湯』にも来てたし、円城さんが受付の女の子を見習えって言ったから、わざわざあたしを呼びに来たんです。円城さんの意見もきいてるし、素人のあたしの声にも耳を傾けてたんですよ。あんなかわいい人いませんよ」

「ぼくの言いたいのはそういう意味ではなく——」

ゆいみが反論するとは思わなかったらしい。格馬はちょっとたじろいだ。

「わかってますよ。あたしみたいな子がピンク好きだから、美月さんにもピンクを好きになってほしいんでしょ？　でも、そもそも、女の子はピンクが好きなもの、と決めてかかっている時点で間違えているような気がします」

ゆいみは、一息に言った。

「どんなに頑張ったって、好きじゃないものは好きになれないですよ。それに、かわいさってのはパッと見てわかるもんだけじゃない、ジワジワくるのもあるんです。ガラッパみたいに」

「ガラッ……？」

「——ネットで調べたんです。まあ、それはいいんですけど。癖になるのはむしろ、ジワジワ系かわいさのほうかもしれないし」

「最近よく見る、ピンクのクマみたいなものですか。サニちゃん、でしたっけ」

「——ぜんぜん違います」

これでよく、ターゲットが女の子とか言えたな。ゆいみはむしろ感心する。

そもそも、ゆいみを呼び出して話の内容をきき出そうとか。仕事仲間なんだから本人にきけ、と言いたい。

美月のほうがよほど男らしいぞ。高志なら、絶対にそんなことしないぞ。

「ぼくが話したいのはそういうことじゃない」

格馬はゆいみを見つめて、言った。

「この際だから言いますが、本来、美月が開発したいのは温泉を模した入浴剤なのです。胸に秘めていて、口に出さないだけで。フルーツの湯は、美月のやりたいことではないわけで、無理にやっているのに不満があるのではないか。だからいつも、あんなふうにつっかかってくるんじゃないか。そのことについて、あなたに不満を口にしたのではないか——」

「美月さんは不満なんて言いませんよ」

「強がっているだけかもしれない」

「なんでそう思うんですか？」

「だから、美月にはやりたいことがあるんですよ。ぼくはそのことを知っている」

ゆいみは格馬の顔を見つめる。

だんだん頭に血がのぼってきた。

やりたいことよりやれることをやれ。仕事とはそういうものです。

就職活動をしているとき、大学就職課のおっさんが、しつこく言っていた言葉である。

あたしだって、毎日お風呂に入れる仕事ができたら、どんなに楽しいことか。

でも実際そうなったら、楽しいだけじゃないってこともわかってる。

一年と八カ月で前の会社を辞めたとき、もっとまともに考えて就職活動すればよかった、と悔やんだけれど遅かった。やりたいからだけじゃ仕事はできない。

「仕事はやりたいことだけしてりゃいい場所じゃないですよ。それが許されるんなら、あたし、こんなところに来てません！」

ゆいみは言った。

「好きなことをしてお金もらえれば幸せだけど、そううまくいくもんじゃないでしょうが、世の中ってやつは！　それが働くってもんです！　御曹司にはわからないだろうけど！」

ゆいみは思わず叫び、最後の一言が余計だったことに気づいてはっとしたが、もう口に出したあとだった。

御曹司とか。本当かどうかも定かでないというのに。

格馬はびっくりしたようにゆいみを見ている。精悍《せいかん》な顔が青ざめ、眉がかすかにあがっている。

まさか、ピンク大好き「かわいい女の子」が、世の中について自分に説教してくるなんて、思ってもみなかったに違いない。

本社エリート（たぶん）、総務部に手をまわして、電話番号をきき出せるような男が。

「――失礼します」

ゆいみはあわてて目を逸らし、ワンピースの裾を押さえて席をたつ。

……あたし、クビになったりして、と青くなったのは、帰り道。

真っ暗い道を、ひとりでキコキコ自転車をこいでいるときである。


「おはよ～ゆいみ」

次の日、ゆいみが控え室に入っていくと、由香は拡大鏡に向かい、いつもと同じように、ビューラーを使っていた。

「おはようございます、由香さん」

「ん？　顔色が違うな。ファンデーション変えた？」

「それがさー、聞いてくださいよー」

ゆいみはバッグを置くと、制服に着替えながら、昨日のことを由香に訴えた。

こういうことを話すのに、由香以上の適任はいない。

「ホテルに呼び出しねえ。そんなの勤務時間外だって断ればよかったのに」

由香は呆れている。当然である。

「ついつい舞い上がっちゃって。なにしろあたし、こっち来てから、浮いた話まったくないもんで」

「じゃあそれなりに下心はあったんだ？」

「いや、ないですよ。向こうもなかったですよ。でも、いちおう気になりません？」

「わかるけどねー。だから言ったのに、なんて。言ってないけど。あはは」

由香は屈託なく笑った。

「大丈夫ですかね、あたし」

「仕事のことなら大丈夫じゃない？　それほど小さい男でもないでしょ、円城さん」

「だったらいいんですけど」

「あ、もらった入浴剤、使ってみたけどなかなかよかったわよ。肌ツルツル」

由香は、同僚が円城格馬にうっかり説教してしまったことなど、どうでもいいらしい。

あっさりと話を変えた。

「あ、そうですか。よかったー。なんか、色が強すぎるかなって思ったんだけど」

「そこがいいのよ。澤田君も喜んでたわ。赤いのって色っぽいって」

「澤田君？」

　ゆいみは目をぱちくりさせた。

　澤田……というと、天天コーポレーション研究所の化粧品開発部の男性社員である。由香に化粧品の試供品を渡すため、たまに受付に来る。ひょろりと背の高い、いつも緑の作業着を着ている男だ。

「由香さん、昨日、いっ、一緒にお風呂入ったんですか、澤田さんと！」

　思わず、変な声が出てしまった。

　由香は化粧を終え、全身を鏡に映してチェックし終わると、サニちゃんのボールペンを胸に挿し、受付へ向かう。

「大事な話があるって言われたから、マンション行ったのよ。あれ、あたし、澤田君とつきあってるって、ゆいみに言ってなかったっけ」

　また、いけしゃあしゃあと。これだから由香は油断ならない。

「そんなの聞いてなかったですよ。由香さん、メイクにこだわるわりに、化粧品は高級ブランド品使わないで、うる天ひとすじなんだなーって思ってたけど」

「うるおい天国、澤田君の渾身《こんしん》の作だからね」

「結婚式、呼んでくださいよ。本気で」

「どうかな。面倒だからなー。澤田君はやりたがってるんだけどさ。あ、申し込まれたのは昨日なんだけどね」

ほ、本当なのか。冗談から駒である。

昨日というと、お風呂入る前、ってことかなー……。

いや、めでたい。

情熱のストロベリー・バス、恋のお湯じゃないの、やっぱり。

「このこと、美月さんに言ってもいいですか。喜ぶかも」

「いいわよ。苺の湯、香りもよかったわ。たまには甘いのも悪くないわね」

由香はそそくさと受付に座る。

言葉はそっけないが、ほんの少し、照れているらしい。

「甘いのは由香さんですよ。もう、いつのまに……って、ん?」

由香に続いて受付の椅子に座ったとき、ゆいみは目の前に、小さなぬいぐるみがあるのに気づいた。

サニちゃんである。

手のひらサイズの大きさに、きょとんとかわいい無表情。首にはていねいに、ピンクのリボンがかけてある。
そしてそのリボンの隙間に、名刺サイズのメモがはさんであった。
一言、走り書きがある。

御曹司より。

やべえ……。
ゆいみの体が固まった。
椅子に座ったまま、呆然として小さなサニちゃんを見つめる。
しかも、ぜんぜんわかってない……。
円城格馬、かっこいいけど、モテないと思う。絶対。
ここであたしに贈るとしたら、サニちゃんじゃなくて、ガラッパだよ……。
はたして、ガラッパのぬいぐるみを売っているのかどうかは知らないけど。

「これでどうかしら、ゆいみ」

と、美月は言った。

入浴剤開発室である。

総務に格馬が掛け合ったらしく、フルーツシリーズが完成するまで、ゆいみが試作品のモニターをすることになったのである。

格馬は由香を見て、ぼくが見た受付の女の子はこっちのほうだった、とかブツブツつぶやいていたけど、気にしない。

定時終了後の一時間。毎日お風呂に入れる上、残業扱いなので時給があがって、ゆいみはほくほくである。

「いいんじゃないかなあ。苺ミルクの湯」

ゆったりとお湯につかりながら、ゆいみは言った。

入浴剤開発室には美月のほかにふたりの開発員がいるが、普段は別室にいるのでめったに会わない。今回のフルーツの湯は美月ひとりが請け負っているらしい。

美月の直属の上司は、飯島《いいじま》という男である。ややおなかのでっぱりかけた、柔和そうな中年男性で、いつもにこにこしている。美月は、格馬にはあんなに反発しているくせに、飯島に対しては従順である。

美月が飯島に呼ばれて席をはずすこともあるので、その間、ゆいみはひとりでお風呂に入っていることになる。

いちおう水着も持ってきているのだが、ゆいみの水着は海に行くときに買ったビキニだし、なにより雰囲気が出ないので、カーテンを閉めて、何も着ないことにしている。

苺ミルクの湯は、あれから試行錯誤して新しく作った入浴剤だ。

情熱のストロベリー・バスは、格馬が推《お》したにもかかわらず、飯島の意見であっさりと没になったのである。

乳白色にほんのりピンク色、すぐに溶ける赤いつぶ入り。

香りも強すぎず、ミルクっぽくてちょうどいい。

「今度のは、わたしも自信作なのよね。主成分は塩化トリメチルアンモニオヒドロキシプロピルヒドロキシエチルセルロース。成分としては田沢《たざわ》温泉に近いわ」

「そ、そうなんだ。すごいですね。よくわかんないけど」

カーテンの向こうで、美月がざばざばと、となりの浴槽に入っていく音がする。

「あとは、円城さんがOK出すかですよね、美月さん」

「格馬？　ああ……別に、格馬が気に入らなくても、関係はないんだけどね」

え？

ゆいみは目をぱちくりさせた。

「円城さんとふたりで作っていると思っていたんですけど。違うんですか？」

「違うわよ。格馬は本社営業で、趣味で口出ししてるだけだから。飯島課長と仲がよくて、入浴剤が好きだから、これまでも開発室に出入りしていたんですって」

「じゃあなんで？」

ゆいみはぽかんとして、尋ねた。

そういえば最初から、おかしいと思っていたのだ。

美月は格馬を呼び捨てだし、格馬は開発員でもないのに、妙に美月にこだわってて、かわいげが足りない、とか言っちゃうし。

初対面のあたしを呼び出して、美月の気持ちを問いただしちゃったりして。

ふたりともケンカしながら妙に仲がいい、というか。入浴剤への情熱が同じというか。

やっぱり、つきあってる、のか――？

「円城さん、美月さんにだけは対応が違うというか、ずいぶん、ざっくばらんですけど……。美月さんも敬語使わないし。あの、仲良しなんですか？」

とはいえ、職場でできる質問といったら、こんなもんである。

しばらく沈黙が落ちる。ぽちゃん、と、カーテンごしに、お湯がしぶく音がした。

「ま、いろいろあるのよ。就職のときに最終面接したのが格馬だったしね。研究所に入って一日目に、格馬がここに来たときに大喧嘩しちゃって」

「大喧嘩って……」

「浴室――って、ここじゃなくて個室のほうね。扉開けたら、格馬が入ってたのよ。びっくりして。開発員じゃないってことは明白だし、どこかから人が入ってきたんだと思って」

「……あの、全裸ですか？」

　数秒考えた末、ゆいみは尋ねた。

　こんな質問でいいのかとは思ったが、ちょっと知りたかった。

「海パンはいてたけど、そこは問題じゃないわ。わたしも水着だったし」

「問題じゃないんですか」

「とにかく、最初は誰なのかわからなくて、勝手に入るのはいいけど本社風を吹かせないで、ここは開発する部屋だから、わたしは敬語使わないから、それがイヤなら出ていってって厳命したわけ。わたしも入社一年目だったからね。あとから飯島課長から、格馬は別格だって聞いて、強く言いすぎたかなと思ったけど、格馬も気にしてないみたいだからそのまま」

「円城さん、会社の御曹司だって噂ですけど……？」

「ああ、それは本当よ。そのときは知らなかったけど」

美月はあっさりと認めた。

「でも、それは気にしなくていいの。本人も、仕事の評価とは無関係だって言っているし。そもそもわたし、格馬に入社前に会ってるのよ。温泉の混浴風呂で、お互いひとりでね。ほんと偶然」

ああ、そうか……って、そうかじゃない！

入社前、混浴風呂、お互いひとりでって！

それから入社の面接で会って、次に会うのが全裸……じゃない、水着で、浴室でとか！

「偶然すぎますよ、美月さん！　運命の再会ってやつじゃないですか」

ゆいみは思わず叫んだ。

「まあね。気づいたのはあとからなんだけど。格馬から、あのとき会っただろうって言われて、そういえばあの人だわ、みたいな。人の顔を覚えるのが苦手なのよね、わたし」

「円城さんが温泉がどうとか言ってたのって、そのことだったのか……」

ゆいみは、つぶやいた。

「格馬がなんて言ってたの？」

「幻の温泉がどうとか」

カーテンの向こうがしんとなる。

「格馬が言ったの？」

「はい。これって秘密でした？　だったらすぐに忘れますけど」

「別に」

美月は、ふっと笑ったようだった。

「わたし、混浴の温泉で、べらべら自分の夢とかをしゃべっちゃったから、それを覚えていたんでしょうね。入社試験で顔を見て思い出したのだとしたら、おかげで入社できたのかもしれない。わたしとしてはありがたいわね。そのあとこの部屋に来たのが、そのことと関係しているのかどうかは知らないけど、彼の意見は役にたっているから、拒む理由もない」

「これまでに円城さんと一緒に作ったお湯って、あるんですか？」

「あるわよ。去年作った唐辛子の湯。知ってる？　ええと――」

「『辛さ選べるレッドホットスパイシーバス』ですか。あれはあたしも好きですよ」

「あれ、いいお湯よ。気持ちが沈むときに入ればいいの。前向きになる。わたしは効能しか目に入らないけど、格馬は売り方を重視する。どんなにいいお湯でも、売れないと意味がないからね」

美月の声は、満足げだった。

恋愛対象……ではないのかな。

なさそうだな。

円城さんのほうはどうだかわからないけど。

恋愛かどうかはともかくとして、お風呂を通じて、ふたりはわかりあっているのだ。いわば、究極の風呂友である。

……いいな。

ゆいみは浴槽に背中をもたれさせる。

額から汗がにじみ出ていた。カーテンにはさまれた狭い浴槽に入っていると、じっくりと自分について考えたくなる。

「——いいですね、ふたりともお風呂好きなのって」

ゆいみはほんのりピンクのお湯を見つめながら、思わず口に出した。

「お風呂に好きも嫌いもないでしょう。みんなが入るもんなんだし」

「嫌いな人もいるんですよ、世の中には」

ゆいみは湯気にけむるカーテンに目をやり、つぶやくように口に出した。

「高志は——あ、あたしの知り合いなんですけど、お風呂、大嫌いでしたもん。そういう人っているし、まわりの人は、それくらい、たいしたことない、って思うみたいですよ」

ゆいみは言った。

ふと、涙がにじみそうになった。

これまで、あまりにもくだらなすぎて、本気でうちあけたことがなかったのである。親友の春菜にさえも、冗談めかすことしかできなかった。

「その人、お風呂、入らないの？」

不思議そうに美月が尋ねた。

「いつもシャワーなんですよ。別に不潔ってわけじゃなくて、お湯につかるのが嫌いなんです。彼の家のバスタブ、タオルとか、洗濯もの入れになってるんですよ」

ゆいみはそれが、どうしてもどうしても、我慢できなかったのだ。

高志をふるなんてもったいないと言われた。高志にも、よりを戻せないかと言われた。風呂に入りたいなら、ひとりで入ればいいだろうとも言われた。これからは、ゆいみが来るときは、バスタブを使えるようにしておくから。

「その彼と――あ、彼って言っちゃった――いろいろあって、仲直りに、温泉行ったんですよ、あたし。そうしたら」

ゆいみは言った。

高志のことは、いまでも好きだ。

だが結婚したら、ずっと一緒にいることになる。

一時間お風呂に入っているからって、珍獣を見るような目つきで見られて、いたたまれない思いをするのだ。一生。

「そうしたら彼、温泉に入らなかったの。混浴も、内風呂もあったのに。だけどあたし」

胸がいっぱいになった。

こらえても涙がこみあげてくる。

きっと春菜が言うとおり、これはあたしのわがままなんだろう。

「だけどあたし、あたしね。ずっと、昔から、好きな人とふたりで、温泉に入るのが夢だったのよ……」

しゃっ、とカーテンが開いた。

ゆいみは驚いて、顔をあげる。

美月はゆいみを見つめる。

化粧気のない瞳には、うっすらと涙が浮かんでいた。

「そんな男、別れて正解だわ、ゆいみ」

美月はきっぱりと言うと、お湯が飛び散るのもかまわず、浴槽を越えて、ゆいみの手をがしっと握った。

　ふたつの浴槽の間で、ゆいみと美月の手が結ばれる。

「わたしがあなたのために、お湯を作ってあげる。一緒に入ろう。お風呂に入って、すべてをさっぱり洗い流すのよ、ゆいみ」

「美月さん……」

　小枝子さんの言うことは本当だったんだ、と思った。

　美月は、とてもいい子だ。

「美月！　いるのか」

　そのとき、低く響く声が聞こえた。

　開発室の扉が開く。

　噂をすれば格馬、である。

　ゆいみはあわてて手をのばし、美月と自分の浴槽のカーテンをまとめて引いた。


　数週間後。

　ゆいみと美月は、『藍の湯』の脱衣所にいた。

新製品の『恋する女の子の気持ち・ふんわり苺ミルクの湯』が、変わり湯に登場する日なのである。

美月はいま、『夢見る女の子の気持ち・こっくりグレープの湯』と、『楽しい女の子の気持ち・さっぱりレモン&オレンジの湯』を作りにかかっている。

いったん完成してからさらに、あれこれやっていろいろ試して、発売まで一年くらいはかかるようである。そのあたりの過程は美月に説明されたが、さっぱりわからなかった。

「情熱のストロベリー・バスも悪くなかったけどなあ。色はきついけど、色っぽいって由香さんも言ってたし。なんたって、プロポーズまで受けちゃったんだから」

ぱっぱと着ているものを脱ぎながら、ゆいみは言った。

「やっぱり大人っぽすぎたのかな。女の子って、本来は小さい子のことだもんね。美月」

「う、うん」

妙に歯切れが悪い、と思ってとなりを見ると、美月はベージュのニットとショートパンツを身につけたまま、もじもじしている。

「どうしたの?」

すでにすべてを脱いでいたゆいみは、目をぱちくりさせた。

「うん……先行っていいよ、ゆいみ。わたし、あとから行くから」

「あとからって、なんで？」

「恥ずかしいから」

「恥ずかしい⁉」

思わず、大声を出してしまった。

恥ずかしいという言葉ほど、美月に似合わない言葉はない。

「何が恥ずかしいのよ」

「だから、脱ぐのが」

「脱ぐのがって、いつも美月、ばーっと脱いでるじゃない、円城さんがいても。ちょっといいのかよっていう大胆さで」

「あれは仕事だもん」

「『藍の湯』でだって、全裸でどーんと仁王立ちしてたでしょ」

「あれは裸だからいいの。いま着てるのは下着なの！　会社で着てるのは水着なんだから」

「水着も下着も変わらないじゃない」

「裸と水着は同じようなもんだけど、下着は違うわよ。いいから、全部脱ぐまでどこか行っててよ、ゆいみ」

「いやその考えはおかしい！」

ゆいみは思わずタオルを握りしめ、美月に向き直った。

美月は真っ赤になってニットの胸もとを押さえている。

風呂場の着替えが恥ずかしいのはわかる。

しかし、矛盾している。しすぎている。

裸のゆいみが堂々としていて、服を着ている美月が恥ずかしがっている、この状況もおかしい。

「裸と水着が恥ずかしくない人が、下着を恥ずかしがるのはおかしい。それなら裸のほうを恥ずかしがりなよ、美月！」

「裸と水着は見せるものだけど、下着は本来見せるべきもんじゃないでしょ！」

「裸だって見せないわよ。人様に裸見せるのは、ベッドか病院かお風呂だけよ」

「ここはお風呂でしょ！」

いやそうだけど。そうなのか？

思わず説得されそうになるが、説得されてはいけない。

どちらかといえば、自分が正しい。美月のほうがおかしいはずだ。たぶん。これまでだって、そういうことが多かった。

最近、何が普通なのかわからなくなってはいるのだけれど。

美月は恥ずかしそうに自分を抱きしめている。ニットのボタンが外れて、胸もとが見えている。

急にムラムラとして、ゆいみは美月のニットをまくりあげ、頭から抜きとった。

あああ～と身も世もない声をあげて、美月が万歳し、くびれたおなかが露出する。

美月の下着は、輝ける木綿の白だった。上下とも。

薔薇の香りで
絵を描く

赤い花が、咲いている。

その日、いつもどおり、八時に出社した美月《みつき》は、白衣姿で階段を降りていきながら、ふと、そう思った。

花などないのにおかしなことだ。

I県さくら市にある天天《てんてん》コーポレーション研究所は、東京本社とは違い、実用的、機能的に作られている。研究所の中に飾られているのは、天天コーポレーションが公式スポンサーになっている、アマチュアスポーツ選手の手形くらいである。

美月は階段を下ると、廊下の曲がり角で足をとめ、ロビーに目を走らせた。

エントランスの先には、受付とショーケースを兼ねた製品売り場、そのとなりに、コーヒーショップ『天天』がある。そこまでは従業員カードがなくても入れる場所である。コーヒーショップはもう開いている。作業着を着た研究員が、ウエイトレスと談笑しながら、持参したマグカップにコーヒーを入れてもらっていた。

受付兼売り場は、まだ閉まっていた。

誰もいないのになんとなく華やかなのは、色とりどりの製品が並べられているからというだけではない、と思った。

カウンターの奥にひっそりと隠してある小さな鏡とか、その横にあるクマ柄のボールペンだとか、カウンターの内側に貼られたピンク色の付箋《ふせん》の、「五百円玉絶賛不足中！」という丸っこい文字だとか、そういうものから来ているようである。

最近になって急に、そういったことが気にかかるようになったのは、受付嬢のひとりである砂川《すなかわ》ゆいみと親しくなったからである。

ゆいみはまだ出社していないだろう。気楽なものである。

美月は一階の廊下をまっすぐに進み、『調香室《ちょうこうしつ》2』というプレートのついた扉を開けた。

扉を開けたとたん、ふわりと甘酸っぱい香りが鼻をくすぐった。

赤い花。

そう思ったのは一瞬である。

部屋の中には調香師の芹沢《せりざわ》がいて、うす緑の作業着を着た長身の男と話していた。

「──芹沢さん、打ち合わせ中ですか？」

美月は言った。

芹沢は入社して八年目の調香師だ。小柄な体に、同じ作業着を身につけている。どこか夢見るような瞳をした、女顔の男だった。

「あ。いいですよ。すぐに終わるんで」

答えたのは、長身の男のほうである。

胸の名札には、澤田《さわだ》、という縫い取りがある。化粧品の開発員である。

天天コーポレーションの研究所では、名前の縫い取り入りの白衣と作業着が配られている。着なければいけないという決まりはないが、だいたいはどちらかを着ている。人の顔を覚えるのが苦手な美月にとっては助かる制度だ。

澤田は芹沢に何枚かの印刷されたＡ４の用紙を渡すと、よろしくお願いします、と言って去っていった。

「香りつきの化粧品を出すんですか？」

澤田が扉を閉めて出ていくと、美月はなにげなく芹沢に尋ねた。

調香室は、天天コーポレーションの製品のすべての香りを受け持っている。澤田が担当しているのは、保湿が売りの化粧品、『うるおい天国』だったはずだ。

うるおい天国は無香料である。質はいいがそっけない、薬のようなパッケージで、ゆみに言わせると、「うるおうけどかわいくない」化粧品、ということになる。

「そう、試しにね。うるおい天国、うるおうけどかわいくない、香りがあったほうがいいんじゃないかって誰かに言われたらしくて」

芹沢は言った。

窓から入ってくる風に、長めの髪がなびく。銀ぶちの眼鏡のすみが、太陽に照らされて光る。

　調香室はそれぞれの調香師に個室が与えられているが、換気のため、芹沢はしょっちゅう窓を開けている。

「わたしは無香料じゃなきゃ困るわ」

「美月さんは鼻がいいですからね」

　芹沢は笑った。

「無香料が好きな人は、他人に無関心な人のような気がします。自分が何かと混じり合うのを嫌う人ですね。臆病者か自信家、あるいはその両方です。——今日はなんですか？　美月さん」

「新作のフルーツシリーズのことなんですけど。『夢見る女の子の気持ち・こっくりグレープの湯』、甘すぎるような気がするんです」

　彼の持論の部分はいつものように聞き流して、美月は尋ねた。

　芹沢は芸術家気質である。香りのセンスがいいかわり、言葉のひとつひとつに意味を持たせたがる。理論的な人間の多い研究所の中では異色だ。

　最初は面食らったが、もう慣れた。開発員には癖のある人間が多い。

「甘すぎる？」

「苺《いちご》が甘くて、オレンジがさわやかでしょう？　グレープはもっと深い感じでもいいんじゃないかって」

美月は白衣のポケットから、入浴剤の試作製剤を出した。

現在開発中の、フルーツシリーズの入浴剤である。今年の春からとりかかり、完成したのは苺のみである。

「――ふむ」

芹沢は、美月が差し出した製剤を注意深く鼻に持っていった。

引き出しを開け、ファイルを取り出す。

いくぶん癇症《かんしょう》気味にファイルをめくりながら、芹沢は言った。

「女の子の気持ちがコンセプトのシリーズだから、かわいい女の子を描いたつもりだったんですが。ピンク、オレンジ、ヴァイオレット、三色のドレスを着た女の子。ぼくの中では、三人は姉妹なのです。それぞれの性格を持った姉妹が、それぞれの場所に立っている。というような」

「グレープは、わたしの中ではもっと静かな感じです」

「こっくりグレープって、夢見る女の子、ですよね。女の子の思い描く未来は甘いものではありませんか」

「夢というのは甘いだけじゃありません」

芹沢は数秒、腕を組んで考えた。

「――なるほど」

芹沢は小さくつぶやいた。

ファイルを繰り、ひとつのページで止まる。

見つめているのは、赤いワインがなみなみと注がれたグラスの写真だった。

どうやら、ひとつの香りにつき何枚かずつ、写真や絵があるようである。

「シビアな夢ですね。そうなると、この子は三人の中でいちばん年上、つまり長女ってことなのかな。末っ子のつもりだったんだけど、変えなきゃならなくなるな。シビアといっても、ネガティヴなものではなく。……しかし、入浴剤だからなあ。原価が高すぎるのは……。あ、あっちなら使えるかな」

芹沢は額にしわを寄せてファイルを見つめ、ぶつぶつとひとりごとをつぶやきながら、顔をあげた。

「わかりました。やってみましょう。二週間ください」

「お願いします」

美月は言った。

芹沢はイメージを大切にする。苺の香り、オレンジの香り、というだけでは納得しないのである。

飯島《いいじま》課長に言わせれば、言葉で簡単に表現できるような香りなら、芹沢に頼む必要はないのである。飯島課長は三人いる調香師の中で、芹沢をいちばん信頼している。

「さっきのは、何の香りですか?」

調香室を出ていく前に、美月は尋ねた。

空気に混じってわからなくなりかけているが、最初に部屋に入ったときの香りが、まだ記憶に残っている。

「薔薇《ばら》です。換気をしたつもりだったんだけど、気づきましたか。澤田君と相談してね。新しい香料が入ったので、調合してみたのです。ローズは種類がとても多くて、組み合わせが無限です」

「薔薇なんですか」

「はい。しかしまだ咲いてはいない。調合の途中です。未知の情熱、とでも言いましょうか。まるで美月さんのようですね。どうやら、澤田君の求めるものとは違うようなのですが」

芹沢は嬉しそうに語った。

小さなびんに細く切った紙を挿すと、美月に差し出す。

美月は香りのついた紙に鼻を近づける。

頭の中で、咲く寸前の赤い花が、ふんわりと広がっていくような気がした。


「遅いよー美月。もう注文しちゃった。たこ焼きでいいよね」

美月が休憩所に向かって歩いていくと、窓際に座っていたゆいみが手を振って美月を呼んだ。

ここ『藍《あい》の湯』は、さくら市でいちばん大きいスーパー銭湯《せんとう》である。示し合わせたわけではないが、休日にここに来ると、かなりの確率でゆいみと会う。忙しくなければ、風呂に入ったあと休憩所で何かを食べたり、なんとなく話したりすることになる。

美月は私服に着替えているが、ゆいみは紺色の作務衣《さむえ》姿だ。

紺の木綿のズボンからのぞくつま先には、濃いピンクと金のネイルがのぞいている。

『藍の湯』の会員は、入場するときに館内着がレンタルできる。作務衣に似たリラックス着か、タオル地のゆったりしたワンピース。どちらかを選べるのだが、ゆいみは作務衣がお気に入りらしく、いつもこの格好だ。

ゆいみのとなりのテーブルでは、ワンピースを着た子どもと夫婦が、壁際の大きなテレビを観ながら、並んでソフトクリームをなめている。

「お風呂入るとおなかすくよねー。梅サワー飲みたいところだけど我慢我慢」

ゆいみはやってきた大量のたこ焼きを受け取りながら言った。

化粧をせず、茶色っぽい髪を適当にまとめたゆいみは、会社にいるときより幼く見える。普段会社の受付に座っているときは、こんな田舎にどうして、と思えるような、おしゃれでかわいい女の子、なのだが、『藍の湯』ではまわりの目というものをまったく気にしないようだ。慣れた手つきでお茶をいれ、ずずず、とすする。

「飲めばいいじゃないの。明日会社ないし」

ゆいみの桜色の爪になんとなく見とれながら、美月は言った。

「ダメ。あたしこのあと岩盤浴でだらだらして、足裏マッサージして、体脂肪率計って帰るから。飲むのは家のお風呂のあと。炭酸水がなくなってるから、買って帰らなくっちゃ」

ゆいみは焼きたてのたこ焼きを口に放り込みながら言った。

このあと、家の風呂にも入るのか……。

お風呂といえば泉質とその効能にしか興味がない美月は、呆れたような感心したような気持ちで、たこ焼きが熱すぎてはふはふ言っているゆいみを見つめた。

ゆいみは『藍の湯』が大好きである。東京からさくらら市へ、引っ越してきてから半年もたっていないが、すでに常連だ。

美月は入浴エリア以外には興味がないのだが、長々とお湯を楽しみ、休憩所で食事をし、雑誌を読んだり、エクササイズマシンを使ったりして満喫していくらしい。

入浴剤の開発員としてはありがたいことである。人はみな風呂好きであってほしい。

「ゆいみ、薔薇ってどう思う？」

美月は試しに、尋ねてみた。

こういうときは、ゆいみの意見を聞くに限る。

「薔薇？　好きだよ。ここぞってときに、お風呂にローズオイル垂らしてる。ハンカチにアロマとかね。ローズはほのかに香るくらいがいいよね。受付は香水禁止だし、強すぎるといかにも、って感じになっちゃうし」

思ったとおり、すらすらとゆいみは答えた。

ゆいみが変わり者であることは間違いないが、友だちが多く、流行にも敏感である。そして無類の風呂好き。女性の一般的な好みというものがわからない美月にしてみれば、ゆいみの意見は参考になる。

「なに、今度は薔薇のお風呂作るの？　協力するする。薔薇の花びらに埋もれたい」

急にいきいきとして、ゆいみは身を乗り出してきた。

「作ると決めたわけではないけれど」

ややあいまいに、美月は言った。

パラダイスバスの新作、フルーツシリーズは現在、製作中である。完成したら、温度四十度、湿度七十五パーセントの過酷な環境に六カ月置き、劣化しないのを確かめてから認可の申請をすることになる。

少しでも劣化が認められればやり直し。認可が下りるまでさらに数カ月。その間に開発員は、さらに新しい製品を提案しなくてはならない。

入浴剤開発員は、飯島課長をふくめてたった三人。女性は美月ひとりだけである。もうひとりの開発員である大城戸《おおきど》は、定番の入浴剤に改良を加え、毎日、手堅い開発を続けている。

本社営業部企画課、そして飯島課長が美月に期待しているのは、女性向けのお湯だ。

天天コーポレーションはもともと、天然成分の石鹸《せっけん》から始まった会社である。

入浴剤の部門は発足して八年。最近になって力を入れ始めたのは、化粧品開発部門で『うるおい天国』がヒットしたからで、会社としては、それまでの主力である家族向けの入浴剤から、女性向けの商品に広げていきたいらしいのである。

このあたりの方針は一介の開発員である美月にはわからないが、もしかしたら、企画課長の円城格馬《えんじょうかくま》の力が働いているのかもしれない。

「へえ。薔薇いいじゃん。女の子に受けると思うなあ。女の子っていうか、女の人向けだよね。フルーツよりも大人向け」

「大人向けだと思う？」

味の薄いお茶を口に運びながら、美月はつぶやいた。

調香室で感じた、ローズの香りを思い出す。

フルーツ三種よりは、大人っぽい感じがする。

「そうそう。薔薇って、記念日とか、プロポーズとかするときに渡す花って感じ。小娘にはまだまだだよ。大きな薔薇の花束、もらってみたいよねえ。すっごく高いけどさ」

ゆいみは無責任に言った。

「未知の情熱、って言っている人もいたわ」

「おお、かっこいいね。情熱、ってことは赤の薔薇ね」

「なんで赤」

「花言葉。確か、色によって違うんだよ。赤い薔薇が情熱だったと思う。未知っていうのはよくわからないけど」

美月は、部屋に入ったときに思い浮かんだ赤い花を思い出し、不思議な気持ちになる。

芹沢は、まるで美月のようだ、と言った。

「白は？」

ゆいみはたこ焼きを食べながら、片手でスマホを操作している。

「ちょっと待って。――えーとね。白は純潔、ピンクは感銘、黄色は嫉妬だって。いっぱい出てくるね。やっぱり、薔薇って王道だからね。戦隊ものでいったら赤。寿司ならマグロ、花は薔薇、みたいな」

「温泉でいったら指宿《いぶすき》、みたいな？」

「いやその例えは違う。草津《くさつ》とか箱根《はこね》とか熱海《あたみ》とかが怒るわ」

「色によって香りは違うのかしら」

「香りの強い種類と、そうじゃないのはあるみたい。薔薇、全部で二万種類あるんだって。ローズオイルとか、どの薔薇使ってるんだろうね。意外と地味な薔薇だったりして」

すぐ調べてくれるのはありがたいが、どうにも話が俗っぽい。同じことを芹沢に尋ねたら、まったく違う答えが返ってくるに違いない。

「ローズオイルって、どこで売ってるの？」

美月は尋ねた。

「このへんだと駅ビルかな。薔薇の入浴剤もあるよ。使ったことある」

「ふうん。よかった？」

「気分は出たね。そんなにあったまらなかったけど」

「気分って？」

「薔薇の気分。薔薇風呂ってロマンティックだよ。花びらが出てくるのもあるし、色もきれい。彼氏と会う前日に入る感じ。彼氏いないけど。あはは」

言葉とは裏腹に、少しさびしげにゆいみは笑った。

「彼氏と会う前日、ねえ……」

「こんな気分」

ゆいみはスマホの画面をタップし、画像を美月にかざして見せた。

どこかから探し出したらしい、薔薇の写真である。やわらかそうなベビーピンクの小さな薔薇が、いっぱいに咲き乱れて画面に広がっている。

スマホに触れるゆいみのネイルと、同じ色だ。

これがゆいみの、薔薇の気分、か……。

美月が考えていたのとは、少し違った。

美月が考えこんでいる間に、ゆいみはスマホをバッグにしまい、かたわらのタオルのセットに手をのばした。

「ローズオイル売ってるの、駅ビルの三階だったと思うよ。ネイルサロンのとなり。一階にお花屋さんもあるよ」

「ありがと。帰りに寄ってみるわ」

「じゃ、あたし岩盤浴行くね。それからもう一回お風呂入る。食べすぎちゃったから、いっぱい汗かかなくちゃ」

ゆいみは最後のお茶を飲み干すと、立ち上がった。

いつのまにか、目の前のたこ焼きはすべてなくなっている。

「しっかし、美月って仕事熱心だよね」

別れ際、ゆいみは感心したようにつぶやいた。

新しいシャンプーを使ったらしいゆいみの髪からは、甘いグリーンの香りが漂っている。

試作品ができたら、最初にゆいみに入ってもらわなくては、と美月は思った。


「な、なんで香水をつけているんだ！」

格馬は言った。

「香水はつけていないわ。ゆうべ、ローズオイルのお風呂に入ったけれど。まだ香りが残っているのかしら？」

美月は答えた。

研究所の廊下である。美月は開発室から、自分のデスクへ向かっているところだった。研究所には開発室とは別に事務室がある。社員はひとつずつ、個人の雑務をするデスクを持っている。

格馬は営業らしく、ブルーグレイのスーツを着ていた。白衣か作業着ばかりの研究所の中では目立つ。

格馬は本来、それほど研究所に来る必要はない。企画課との打ち合わせがあるときは開発員が本社に行くのが常だからである。しかし格馬はまめに研究所に足を運びたがり、用事がなくても必ず入浴剤開発室へ寄っていく。

格馬は眉根にしわを寄せた。

「ローズオイル？」

「薔薇よ。女の子が好きそうだから」

「女の子？」

「次の入浴剤の企画。薔薇のお風呂にするつもりなの。調香室の芹沢さんが作った薔薇の香りが、とてもよかったのよ。ゆいみも賛成してくれたし、いいと思わない？　思い立って、薔薇のアイテムを買い集めちゃった」

「薔薇……。なんで美月が」

やや呆然として、格馬は言った。

「なんでって。格馬が、女の子向けの路線にしろって言ってたんじゃないの」

「女の子向けの路線なんて言っていない。フルーツシリーズは仕方がなかったが、ああいうのばかりを作れと言った覚えはない」

「――ないことはないでしょう」

美月は思わず声を荒らげた。

何を言っているのか、と思う。

入社して三年目。やっと自分の裁量で入浴剤を作れるようになってきたところで、格馬に最初に言われたのが、かわいい女の子の気持ちを理解しろ、なのである。

簡単にはいかなかったが、最近やっとわかってきたところで、そんなことを言っていない、と言われても困る。

「格馬が言ったのよ。わたしにはかわいげがないって。受付の子を見習えって。だからわたしはゆいみと友だちになって、必死になってリサーチしたわけよ。それなのに、いまさらなに言ってるの」

「だから、知るのはいい。知るべきだ。しかし、製品について妥協しろとは言っていない」

「妥協はしてないわよ。薔薇の入浴剤を作ろうと思っただけよ。格馬、かわいい女の子が好きなんでしょ。だから、彼女たちが入りたくなるようなお風呂を」

「俺は別に、かわいい女の子が好きなわけじゃない」

格馬は言った。

——は？

美月は格馬を見つめた。

「わたしに足りないのはそこだって言ったじゃないの」

「足りないのは、気持ちのほうだ。美月はもっと、恋する気持ちを知るべきだって言いたかった。香水をつけたり化粧したり、ピンクのボールペン持ったりする必要はない。そういうものに興味を持つのは美月じゃない。それは外側の話であって、風呂というのは、内側で勝負するものだろう」

「内側って、何よ」

「心だ」

美月は、格馬を見つめた。

心の中で、じわじわと失望が広がっていく。

これまでの人生で、何回も、言葉の意味がわからない、と思ったことはあった。美月以外の人間はみんなわかっているらしく、自分だけがわからないので、自分はバカなんじゃないか、と思ったものである。それはひそかに美月のコンプレックスだった。

開発室に勤めてからはほとんどなくなったので、久しく忘れていた。

格馬から、その懐かしい感情を感じるとは思わなかった。

「わたしは別に、心を忘れてないわよ。メイクは仕事に支障が出るからしないだけだし。無理をしていないわけでもないけど、好きなようにやってるわ。おかげさまで」

「――温泉を忘れたのか？」

「温泉？」

「幻の温泉。それが美月の心だ」

幻の温泉。

久しく、聞いていなかったような気がした。

美月は温泉好きである。学生時代は温泉研究会に入り、休日ごとに、あちこちの秘湯にひとりで行っていた。

勤め始めてから、忘れていた。――いや、忘れてはいなかったが、考えないようにしていた。

目の前に、森と雪の中にぽっかりと浮かぶような、小さな温泉の絵が浮かんだ。


岩の間から沸き出たお湯が、スニーカーの底を濡らす。ぽっかりとあいた真っ黒な口から、白い湯気が流れてくる。

おどろおどろしくて怖かったけれど、入ってみたら、とても温かかった。

美月が十歳のとき道に迷って、ひとりでたどりついて、入った温泉である。

「温泉に入りなさい。寒いから、ずっと入っていたほうがいい。動かないで。朝になったら服を着て、ふもとまで歩いていくんだ。大丈夫だから」

あたりは真っ暗で、何も見えなくなっていた。泣きながらしゃがみこんだ岩の間から、男の人の声がした。

美月は、顔をあげた。湯けむりの間から、背の高い男の影が見えた。

頭の上に何かがあり、細長いものを背負っている。ひょろりと手足が長かった。

寒くて、足が痛くて、死んでしまいそうだった。そこにお湯があるのはわかっても、入ることは思いつかなかった。美月は服を脱いで、温泉につかった。

朝になったら、岩の間にバスタオルが置いてあった。それで体を拭き、服を着て、美月はひとりで、もと来た道を歩いた。体は芯から温まり、足の痛みはなくなっていた。

村では——そこは美月のおばあちゃん、おとうさんのおかあさんが住んでいた村だったわけだが——大騒ぎになっていた。家に帰ったらおかあさんは泣いた。

美月は、一晩、岩に囲まれた温泉に入っていた、誰かが温泉の中にいて、ずっと入っていなさいと言ってくれたんだと主張したが、彼をいい人だと言う人はひとりもおらず、バスタオルも捨てられてしまった。

おばあちゃんが、それは、ガラッパだよ、と言った。

温泉が大好きな、手足の長い河童《かっぱ》だよ。お酒が好きで、いたずら好きだけど、本当はとても優しい。ガラッパが守ってくれたのなら、安心だ。

みんなが——おばあちゃんを除くすべての人が、あのことは忘れなさいと言ったけれど、わたしは覚えている。

あの温泉が幻ならば、いつかわたしが作ってみせる。

ガラッパに会うために。

幻の温泉、という言葉を使ったのは、格馬に対してだけだ。

……格馬が、覚えているとは思わなかった。


「わたし、格馬に言ったことがあったかしら？」

そ知らぬ顔で、美月は尋ねた。

本当は自覚している。美月は四年前――入社前に、格馬に自分の夢を話してしまっていた。

偶然、山奥の温泉で会って、ふたりでお湯につかったあのとき。

それまで、大学の温泉研究会の仲間にさえ話したことがなかった。

わたしは幻の温泉を作りたいの。わたしの中にある、大事なお湯を形にしたいの。

ほんの十分だけだったたから、詳しくは話していない。ガラッパのことも言っていない。

ガラッパのことは特に、母親から誰にも言うなと念を押された。

格馬と会ったのは偶然で、名前も聞かず、会うのはあれきりだと思っていたから。お互い何も知らないで、何も身につけないまま、温泉を出たら離れていくんだと思ったから。

「あるだろう。俺は覚えている。美月は言わなくても」

格馬は、きっぱりと言った。

「あのとき美月から幻の温泉の話をきいて、俺は、美月が俺の夢を実現してくれると思ったんだ。だから、入社して三年たつのを待っていた」

「――待って」

美月は、格馬の言葉をさえぎった。

格馬がどう思っているのかは知らないが、美月にとってはそれなりに重要な思い出である。

こんなところで。会社の廊下で話したくはない。

「――円城課長、そろそろ」

美月が息をととのえ、軽くあとずさりしたとき、格馬のうしろから声がかかった。

美月は顔をあげる。

声をかけてきたのは、秘書である。

長身で、内巻きの髪が肩に落ちている。格馬のスケジュール管理をしている女性だ。名前は思い出せないが、美月も何回か見たことがあった。

「――ああ。わかりました、有本《ありもと》さん。すぐ行きます」

格馬はふりかえった。

少し低い声になっている。格馬は美月に対するのと、美月以外の人間に対するのとでは態度が違う。

飯島課長に尋ねても、彼はあれでいいんです、と言われるだけである。

「今度、どこかに行かないか。話がある。会社じゃ話しづらい」

有本秘書が待っている。その場から去るまえに、格馬は早口で、美月にささやいた。

「話？」

「連絡をくれ。携帯に。名刺にある」

美月が答えかねている間に、格馬はくるりときびすを返す。

格馬は有本の横をすりぬけると、早足で廊下を歩いていった。

「──円城課長は何を？　鏡《かがみ》さん」

有本は格馬のあとを追いかけるまえに、思いついたように顔をあげ、美月に尋ねた。

「いえ、たいしたことじゃありません」

美月は答えた。

「だったらいいのですけれど」

有本は唇の端をあげるだけの笑みを浮かべ、格馬のあとを追っていく。

かつかつかつ……と、廊下にヒールの音が響く。

人工的な薔薇の香りがした。秘書の香水である。

少し強すぎるな、と思った。


「どうかしましたか？　美月さん」

美月は芹沢の声で我に返った。

調香室である。

フルーツシリーズの進捗《しんちょく》を聞くついでに、新しい入浴剤の企画について話すつもりである。

薔薇をベースにした何かを作ろうとしたら、香りが重要である。芹沢の協力なしには作れない。芹沢は腕はいいが気分にむらがある。彼がやる気になるかどうか、というのは製剤を作る上で重要である。

「——いえ、なんでもありません。ただちょっと……考えごとを」

「心が曇っているのなら、早く解決したほうがいい。美月さんは作る人ですからね。気持ちが作品に反映されてしまう」

芹沢の、銀ぶちの眼鏡の奥にある瞳が、静かにまたたいている。

芹沢は胸に名前の縫い取りのある、おなじみのうす緑の作業着を着ている。

部屋の一面は、これまでの作品である、天天コーポレーションの洗剤や石鹸を置いた棚。もう一面は本棚である。

デスクはふたつ。ひとつにはずらりと扇型に並べられた香料のびん、もうひとつには、大きな写真集や、調合しかけらしい透明なガラスびん、そして、白い花びんがあった。

花びんには、ピンク色の薔薇のブーケが飾られている。

棚や机はスチール製だし、ほかの開発室同様、事務的な部屋なのに、不思議に美しい。ここにいると、自分の余裕のなさを反省したくなる。

「簡単に解決できません」

「方法はたくさんありますよ」

「たとえば？」

「リラックスすることです。数分だけでもね。深呼吸すると違います」

「忘れる、ということですね」

芹沢は、苦笑した。

「まあ、そうですね」

心が曇っていると思っても、解決したくない場合もある。

いったん問題があることを認めたら、解決するために全力を注がざるを得なくなる。そのことがわずらわしい。

わたしはそもそも、人の気持ちには疎いのだ……。

「これは、薔薇ですか？」

デスクの薔薇を眺めながら、美月は尋ねた。

中心になっているのはピンクのモダンローズである。ゆいみがスマホで探して見せたものに似ている。周囲にはかすみ草と緑の葉がしつらえられ、まわりのリボンと馴染んで揺れていた。

芹沢は、薔薇に目を移した。

「はい。澤田君が持ってきてくれました。うるおい天国の新作のために」

「ここから、香りを作るんですか？」

「この花だけでは香料の一滴にも足りません。これは澤田君のイメージです。なるほど、小さくて、ふんわりした薔薇なんですね。うるおい天国はごく普通の学生や主婦が、日常的に使う化粧品ですからね。大きなインパクトは必要ない。ぼくは、この花を香りで描きます」

芹沢は最後の言葉を言うときだけ鋭い目になって、反対側の香料のびんに目をやった。

美月は澤田に感心した。澤田は芹沢の扱い方をわかっているらしい。

「わたしは、あの香りは赤い薔薇だと思っていました」

美月は言った。

「赤。――円城と同じことを言いますね」

芹沢は言った。

美月はかすかに、眉をひそめる。

ここで、彼についての話題が出るとは思わなかった。

「格馬――円城課長が、薔薇の香りについて何か言っていたのですか？」

「そう。彼は研究所に来たときは、よくここに寄るので……。ああ、知らなかったかな。円城はぼくと同期なんですよ」

「同期？」

「ぼくは中途入社だから、年は上ですけどね。さっきこの部屋に来て、これは赤い花だろう、と言いました」

「円城課長が、そんなことを言うとは思わなかったわ」

美月は言った。格馬は実利的で、製品についても基本的には売り上げ重視である。芹沢とはタイプが違う。

この部屋に格馬が来たとすれば、美月と会ってからである。

格馬は行動が早い。美月から薔薇の入浴剤の話をきいて、すぐにここに来たのに違いない。

「彼はロマンティストですよ。ぼくが知っている限り、この会社でいちばん、と言っていいかもしれません」

「――なんだか、信じられないんですけど」

「彼は夢のために仕事をしているのです。入浴剤に力を入れているのも、自分が大の風呂好きだからでね。本当は、自分が入浴剤を作りたいのでしょう。家の事情があるから、そうもいかないのだろうけれど」

「家の事情ですか」

美月はつぶやいた。

格馬は、天天コーポレーションの経営者である円城家の一族である、と――。

仕事上では誰もおくびにも出さないが、隠したところで名前ですぐわかる。噂というより事実として流布している話なので、社員はみんな知っている。

そうでなくては、美月の入社試験の最終面接に、格馬が参加するわけがない。

とはいえそんな事情は、入社してしばらくたつまで知らなかった。格馬は一言も言わないし、美月は、上層部の人事や経営者一族などには興味がない。

「円城課長は、あの香り、赤い薔薇だって言ったんですか」

「そうです。未知の情熱のようだ、熱い夢を持っている、未完成の女性だろうとぼくが言ったら、賛同しました。それは理系の才女で、自然すぎてそっけないような女性なのだろうと。円城の理想なんですよ。彼は、何もまとっていない女性が好きなんですね。――あ、もちろん、精神的な意味でです」

「よくわからないんですが」

「ぼくはうまく言えません。香りでなら表現できるのですが」

芹沢は言って、かたわらの小さなびんを手にとった。

小さなガラスの棒に、別のびんからとった香料を、数滴垂らす。

「美月さんはむきだしです。未知な赤い薔薇。美しいけれど、もっと何かをまとってもいいんじゃないかと思うことがある。女性は何かに守られていないと」

研究所の男は女に優しい。芹沢も例外ではなかった。

「円城課長は？」

「彼はいいんです。本来は裸になりたくてたまらない男だ。だからこそ、美月さんに憧れるのでしょうね。ピンクのブーケが好きな男もいれば、赤い薔薇が好きな男もいる」

憧れてはいないと思いますけど——。

どういう意味なのだろうか。はがゆい。芹沢の癖は飯島課長から教わったというのに、今日二度目の、言葉の意味がわからない状態である。

ここにゆいみがいたら、俗っぽいけどわかりやすい言葉に通訳してくれるに違いない。

美月が心の中で芹沢の言葉を反芻《はんすう》している間に　芹沢は調合ずみのびんに細い紙片をつけ、美月に渡した。

「これは?」

美月は、紙片を受け取りながら尋ねた。

「ピースマインド。心が落ち着きます。どうぞ」

美月は紙片を鼻に持っていく。

清涼な香りが鼻腔《びこう》をくすぐり、すぐに消えた。

「薔薇の香りのイメージができたら、教えてください。ぼくの中にはだいたい、できています。ぼくのものと、美月さんの思うものと合わせて、美しい香りを描きましょう」

穏やかにほほえみながら、芹沢は言った。

美月は薔薇をかかえて、入浴剤開発室に入った。

お湯を分析するエリアを過ぎてすぐのところにあるのは、カーテンで仕切られた十二の浴槽である。

ゆいみがはじめてこの部屋に入ったとき、やけに感動していたが、あくまで研究のための浴槽である。

温度や薬品の入れる量を変え、溶けたお湯の値《あたい》を調べて製剤を完成させる。入浴するのはある程度できあがったあと、色や香り、お湯のあたりを確かめるためである。

浴槽や下水道を傷《いた》めないか検証するため、浴槽の製造会社はできるだけ違えてある。そのほかに、ステンレス製の浴槽、檜《ひのき》風呂、昔ながらの五右衛門《ごえもん》風呂、外国製のジェットバスが同じ並びにあって、ひとつずつ確認する。

すみにふたつ、洗濯機と、各社の洗剤がある。入浴剤の入った残り湯で洗濯した場合、色移りなく洗浄力が落ちないかどうか試すためだ。

入社以来、美月はストレートのロングヘアにしている。開発中の入浴剤入りのお湯で洗ったことで髪が傷んだことはいまのところない。

二百リットル、四十度のお湯に百グラムの製剤を入れ、二十秒で溶けきって、思ったとおりの色と香りとイオンの値を出せるか？　残り湯は無害であるか？

入社以来、美月はそればかりを考え続けている。もちろん風呂は好きだが、ゆいみのように無邪気に風呂を楽しむことはできない。

本音を言えば、女の子の気持ちなどという、数値の出ないものについて考えている余裕は美月にはない。ゆいみや格馬が、無邪気にあれがいいこれはよくないと言ってくるたびに、だったら基準値を示せと叫びたくなる。

澤田も同じように、うるおうけどかわいくない、と言われて悩んだに違いない。天天コーポレーションはもともと女性向けの製品を作る会社ではなく、生薬《しようやく》を素材にした石鹸から発展した会社なので、広告宣伝やパッケージングは苦手なのである。

とはいえ、美月が珍しい女の開発員であるからには、そういう方面で期待されていることはわかっている。

美月は浴室のスイッチを入れ、赤い薔薇の花束をタイルの床に置いた。

浴室は、メイン開発室の浴槽とは別に、並びにある個室である。

一般的なマンションや団地にある浴室、そのままの部屋だ。シャワーもあり、石鹸やシャンプーも置いてある。

十二槽の浴槽と違って、いわゆる「入りごこち」を調べるための浴室である。製剤ができあがってくると、電極をつけて入浴し、発汗作用や血圧の変化、体の温まり具合などを調べたりする。このあたりは飯島課長が専門とする分野だ。

美月は洗い場にひざまずき、花束をほどいた。そのまま、花びらをむしりはじめる。

薔薇は、駅ビルで買ってきたものである。

店内にあるありったけを集めた、赤いイングリッシュローズの花束である。うすい花びらが何層にも重なり、外側がうっすらと開きかけている。

店員の若い男性は、頼みもしないのに、赤と紺の幅広リボンをつけてくれた。

洗面器がたちまち赤い花びらでいっぱいになる。

「お風呂が沸きました」

湯沸かしセンサーが、いつもの機械的な声で告げてきた。

美月は洗面器を持ったまま、立ち上がる。

手を上にあげ、洗面器いっぱいの薔薇を、浴槽に散らせる。

花びらがひらひらと落ちていく。生花の香りに、鼻がつんとする。

思っていたより甘くない、と思った。ゆいみの言うとおり、甘いローズオイルのもとになる薔薇は、案外、地味な薔薇なのかもしれない。

美月は、浴槽に手をさしいれて、ゆっくりとお湯をかきまぜた。

薔薇風呂。

大切なのは、薔薇気分。たとえ狭いお風呂でも、女性が明日、彼氏と会うのだと胸を躍らせることができるようなものを。肌がうるおって、楽しくなって、リラックスできる効能を。

それが、今回の入浴剤のテーマである。

彼氏と会う……。

——ん。

なんだろう。今、頭の中に何かひっかかった。

湯船いっぱいの薔薇の花びらは、すでにしんなりとしはじめている。

……冬至《とうじ》のゆず湯とか、端午《たんご》の節句のしょうぶ湯みたいなものかしら。

このあたりは、同僚の大城戸が開発しているシリーズである。和風のパッケージの『ゆずゆ』と『しょうぶゆ』は、飯島課長が開発室発足初期に出した『パラダイスバス　グリーン』に続いて、パラダイスバスシリーズの定番だ。

薔薇風呂も、定番の中に入れるだろうか——。

「——美月さん。入ってますか?」

湯船に入る前に、浴室にひざまずいたまま考えていると、声がかかった。

声の主は、飯島課長である。

「はい。どうぞ」

美月は言った。

かちゃり、と音がして浴室の扉が開く。

飯島課長はバスローブ姿である。となりの浴室に入っていたらしく、髪が少し濡れている。バスローブの下は水着である。

「さっきまでグレープのお湯に入っていました。少しぬらぬらするようなので、ぬらぬら度合いを減らしたいんですが、どう思いますか」

飯島課長は、ほんのりと頬を蒸気させながら、言った。

飯島課長は色白で、男性ながら湯上がりの色が肌に出る。美月も、肌や髪がきれいだとよく言われる。風呂によく入るからなのかどうかはわからないが、開発する上では変化がよくわかって便利である。

「さらさらにしたいということですか？」

「さらさらはオレンジで使っていますから、あくまでぬらぬらを減らしたいということです」

「いまが十ぬらぬらなら、七ぬらぬらくらいという感じですか」

「いえ、五ぬらぬらですね」

「わかりました。あとでわたしも入ってみます」

ぬらぬら、さらさら、というのは、お湯の肌へのあたり具合を示す、飯島課長の独特の言い回しである。

そのほかにも、ぬるぬる（ぬらぬらとは違う）、きしきし、ふわんふわん、たらたら等がある。調香師の芹沢同様、微細な感覚は数値では言い表せないようだ。飯島課長は入社以来の上司なので、すっかり慣れた。たまに新しい言葉が出てくるときは、すかさず書き留めておくようにしている。

そういえば、ゆいみに入浴剤の試供品を渡したとき、飯島課長が言っていたのと同じ意味の感想を言った。趣味はお風呂と言いきるだけあって、ゆいみも皮膚感覚が鋭いのだろう。

「それは、本物の薔薇ですね」

浴室の薔薇の花びらに目をとめて、飯島課長は言った。

「はい。薔薇の花びらに埋もれてみようと思って。気持ちだけですが」

「赤い薔薇ですか。いいですね。薔薇の入浴剤、芹沢が楽しみにしていましたよ」

飯島課長はいつもどおり、柔和な笑顔で言った。

美月は安心した。芹沢がやる気になっている、ということは、香りのほうは心配ない。

あとは美月が、芹沢の言うイメージを固めることができれば。

美月は飯島課長がいなくなると、白衣を脱ぎ、パンツとシャツとを脱いだ。下はベージュの水着である。

風呂に入るまえに、白衣のポケットから携帯電話と、名刺を一枚取り出す。

いちおう持っているものの、あまり使わない携帯である。

美月は、ゆいみやほかの職員や、電車に座ったときの向かいの人たちが熱心にスマホを見ている理由がわからない。

いろんなコミュニケーションツールや、ゲームというものがあるのは知っているが、それほどしょっちゅう確認しなくてはいけないものなのか。だとすれば、わずらわしくないのか。

……と、面と向かって聞くのも気がひけるものである。

携帯と一緒に取り出した名刺は、ここに来る前にデスクの名刺入れから抜き出してきた。

格馬のものである。

週末暇《ひま》？


美月は、メールを送った。

格馬のスマホは、同じ会社だったと思う。番号でいけるはずである。

送り終わると一仕事を終えたような気持ちになって、美月はふう、と息をついた。

そのまま携帯をしまおうとして、ふととまる。

美月は、自分の携帯の待ちうけ写真に見とれた。

どうということのない、風景の写真である。

背景に滝があり、森と河が写っている。

美月の出身であり、故郷である熊本の写真だ。正確には、美月の、亡くなった父の故郷。奥まった、山の中の村である。

ガラッパ……。

わたしのガラッパ。

(温泉に入りなさい。寒いから、ずっと入っていたほうがいい)

手足が長い河童。温泉につかりながら、温めたお酒を飲む。

おばあちゃんはお風呂も、お風呂の中で飲むお酒も大好きで、美月を抱いていろいろ話してくれた。手足が長くて、長い髪は糸のように細くてきらきらして、とてもきれいな人だった。そういうおばあちゃんのほうが、よほど河童なのではないかと思った。

美月はガラッパのいる温泉を作りたいと思った。それで、天天コーポレーションに入った。

それなのにいつのまにか、かわいい女の子とは何か、赤い薔薇のイメージとは何か、などということに頭を悩ませている。

いやなことではない、と思った。思いどおりにはいかなかったが。

美月は薔薇風呂に体を沈めた。

薔薇の花びらが肌にまといつく。終わったあとの掃除が大変そうだ。ロマンティックというものには、後始末が必要らしい。

ここからどうやって薔薇気分をもりあげればいいものか、と考えていると、脱衣籠《かご》の携帯が鳴った。

メールの返信である。

早いな……。

美月は驚いた。

こんなものなのだろうか、普通。

それとも、営業だから？

よくわからなかった。

美月はただ、薔薇の風呂に入るまえにメールを送って、出たあとで返信をチェックすれば、効率がいいと思っただけなのである。

考えていたが面倒になって、美月は肩までずぶずぶとお湯につかり、目を閉じる。

薔薇の香りがした。最初に感じたときよりも甘い。

肌にまといつく花びらが気持ちよかった。美月は思わず笑顔になった。


「これ、試作品。『夢見る女の子の気持ち・こっくりグレープの湯』よ」

八時五十時ごろに研究所のロビーへ行くと、ゆいみは同僚の女性とともに、もう受付の担当席に入っていた。

「さんきゅ。オレンジがすごくよかったから楽しみ」

ゆいみは笑顔で試作品を受け取った。

受付にいるゆいみは、当然ながら『藍の湯』にいるときとはまるで違う。

肩までの茶色い髪を首の横でゆるやかに結び、水色の制服を着ている。淡い緑色の小さなピアスと、胸ポケットに挿したキャラクターのボールペンだけが唯一の主張である。

キャラクターの名前は、確かブルーのセナちゃん。青いリボンをつけたクマである。人気なのは姉であるピンクのサニちゃんらしいが、ゆいみはセナちゃんのほうが好きらしい。

ゆいみと知り合うまで、受付の人間に目をとめたことなどまったくなかった。

「オレンジは自信作だったんだけど、グレープが評判よくなくて、わたしもしっくりこないのよ。香りと湯あたりの感想を聞かせてくれると助かるわ」

美月は言った。

「今夜入るよ。あたしでよければいくらでも。美月と友だちでよかった」

「友だち？」

「違うの？」

ゆいみは長いまつ毛をしばたたかせて、美月を見つめ返した。

美月は少し黙った。

自分とゆいみが友だちかどうか。あらためて言われるとわからない。

「そうなの……かな？」

「ひどーい。まあどっちでもいいけどさ。薔薇風呂はどうなった？　あたし、こっちもけっこう期待してるんだけど」

「まだ作りはじめてないけど、決まると思うわ。飯島課長のＯＫが出たから」

「素敵ね。格馬さんもいいって言った？」

「格馬は気がすすまなそう。ほかの企画をやりたいみたいね。それで今度、格馬と薔薇を見に行くから、ゆいみも一緒にどうかと思って」

格馬、という言葉をきいて、ちらりとゆいみのとなりの席にいた女性が美月を見た。

小柄で華奢《きやしや》な女性である。つやのある黒髪がゆるくカールして、首すじを隠している。黒のボールペンを挿した胸ポケットに、「岡崎由香《おかざきゆか》」というネームプレートが見えた。

なるほど、彼女が、ゆいみの話にたまに出てくる「由香さん」らしい。四つほど年上という話だったが、大きな黒目勝ちな瞳と透き通るような肌は、あどけない少女のようだ。

もしかして、こういう女性が、格馬の言う女の子、なのかしら……。

「薔薇かー。いいね。行く行く。格馬さんが一緒なの？」

美月の思惑に気づかず、ゆいみは身を乗り出した。

「そう。ゆいみにも薔薇を見てもらいたいの。わたし、イメージをつかんだりするのが下手だから。ピンクよりも赤がいいっていうのだけは決めてるんだけどね」

「適当でよければ協力するよ。美月に赤い薔薇って似合いそう」

「それから、格馬から何か話したいことがあるらしいから、ゆいみにも聞いてもらいたいの。わたし、ときどき格馬の言うことがわからないことがあるのよ。通訳して」

「普通の女の子はこういうものだ！　って言われたときに、違いますよーって言う役目？」

「そう。会社じゃ話しづらいらしくて」

ゆいみの視線が少し泳いだ。

「えーと……。会社じゃ話しづらい話がある、って、格馬さんが言ったの？」

「そうよ」

「それって、美月をプライベートで誘ったってことなんじゃないの？」

「そう。場所はどこでもよさそうだったから、薔薇を見に行けばちょうどいいと思って。格馬にメールしたら、すぐに了解って返事がきたわ」

「あたしも一緒に、って言った？」

「言ってない。心配しないで。わたしが車出すし、食事おごるから」

「いや、食事はいいけどさ。話があるって誘ってきたのは格馬さんなんでしょ？　そこで他人が一緒ってのはですね……。格馬さんに確認とったほうがよくない？」

「それはいいの。確認とりたくないの」

「なんで？」

「いやだって言われたらいやだし」

「なによそれ。あたしの立場は？」

「ゆいみがいやなら、いいわよ。いやなの？」

「いやっていうか……しかしさあ……」

ゆいみは呆れていた。美月は、ゆいみが断りませんように、と、祈る気持ちになっているることに気づく。

通訳をしてもらいたい、というのは嘘《うそ》ではない。またしても、格馬の言葉の意味がわからなくなったら困る
「あのさ。格馬さんと美月って、仲いいけど、もしかして、会社じゃないところで会うのって、はじめて……なんだよね？　つまり、ずっと前に、温泉で一緒になったとき以外で」

ゆいみは歯切れが悪かった。雑談ならなんでもすらすら話すくせに、本音を言うときにはたどたどしくなるのである。

「はじめてよ」

「つまり……格馬さん、美月とふたりで行きたいんじゃないの？　話があるって、たとえば、こ……告白、とかさ。それともまさかのプロポーズ。薔薇ってそういう花だって言っ

たじゃん。そんなところに、あたしお邪魔できないじゃん」

「そんなことあるわけない。格馬が好きなのは、理系の才女なんだって」

　ゆいみは目を丸くした。

「理系の才女って、格馬さんが言ったの？」

「そうみたい。わたしが直接聞いたわけじゃないけどね」

「うう……」

　ゆいみは、頭をかかえた。

「そうだったんだ……。やっぱりなあ……。どうすればいいんだあたし……」

「だめならいいわ。どうするの」

　美月は早口で言った。ダメならダメでいい、という気分になってきた。壁の時計が八時五十八分を指している。

　ゆいみは顔をあげた。眉毛が八の字になっている。

「うーん。あたしは行かないほうがいいような……。いや、むしろ行ったほうがいいのかしら」

「深く考えないで」

「うー、うん」

正面玄関から、グイーン、という音がした。自動ドアのロックが解除される音だ。始業時間なのである。

ゆいみは腕を組んで考えている。

その間に、となりの由香は引き出しを開けて、何かを取り出そうとしている。

「じゃ、わたし行くわ。細かい日時メールしとくから。お願いね」

ゆいみに断られるまえに、美月は白衣をひるがえした。

「――鏡美月さん。さしでがましいようですが」

声をかけられて、美月はふりかえった。

由香である。由香は困ったような顔をしているゆいみのとなりで、すきのないほほえみを浮かべている。

「これ、新作です。さしあげます」

由香の手のひらの上には、小さな箱がある。

それが何なのかは、美月にもわかる。

新品の口紅である。青と白のパッケージの上には、『うるおい天国　うるおう口紅　ローズ』と、丸っこい字体で印刷された文字が躍っている。

美月は由香を見つめ返した。

ネイルは先端だけの桜色。唇はつやつやと愛らしく、黒いまつ毛は、絵に描いたようにくるんと上を向いている。

「なぜ？」

「お似合いになりそうですので。お使いください」

由香はカウンターの上に口紅の箱を置き、天使のように笑った。


雲ひとつない晴天、五月《さつき》晴れである。

美月は駐車場に愛車のワゴンRを止めると、先に降りていたゆいみに続いて、『薔薇の森』へ向かって歩き出した。

『薔薇の森』は、さくら市から車で一時間ほどのところにある薔薇園である。

ゆいみは車を持っていないので、美月がゆいみのマンションまで迎えに行き、ピックアップしてきた。格馬とは薔薇園の入り口で待ち合わせである。

駐車場から薔薇は見えないが、植え込みの緑が鮮やかだ。

「来ていいものかどうか、最後まで迷ってたんだけど」

ゆいみはまだ、ぐずぐずと言っている。

ゆいみは車の中でも、わけのわからないことを話していたのである。格馬とはじめて温泉で出会ったとき、どんな感じだったのか、とか。入社以来、何を話してきたのかとか。格馬は、理系の才女、って言葉を、本当に使ったのか、とか。

相手の言っていることの意味がわからなかったら、わからないからあとで答えると言えばいいんだよ、とか。通訳とか言ってないでさ。てかあたし、必要なければ自由行動するから。

ゆいみは珍しくスカートでなく、パンツをはいている。グレイとピンクのラフなパーカーと、ストレッチパンツ。髪は横のほうでまとめている。目もとのメイクはほとんどなく、太陽に照らされて、金色のピアスが耳もとで揺れる。

美月は白のニットとデニム、足もとは実用的なブーツである。春用のコートは手に持っている。車に乗るときはいつも同じような格好になってしまう。

スカートをはくべきか、ほんの少し迷った。ゆいみにメールをしようかとも思ったのだが、そんなことも決められない自分がどうにも情けなく、結局しなかった。髪だけは、いつもよりていねいに洗った。

「いや、由香さんが行ってやれっていうからさ。由香さん、クールな人だけどね。あれで意外と見てるっていうか、やることに間違いないのよ。あたしは、人の世話を焼くのって、もたもたしちゃうっていうか。どっちかといえば苦手なんだけどさ」

「来るのいやだったの？　だったらはっきり言ってよ」

「いやだったら最初から来ないって。――あ、美月、いちおう化粧してきたんだね？　よかった」

「日焼け止めと粉だけね。焼けやすいのよ、わたし」

「格馬さん喜ぶね。口紅も塗りなよ。どこで待ち合わせ？」

「入り口よ。格馬は時間に正確だから、もう来ていると思うわ」

「美月に似てるんだねえ」

ゆいみはそわそわしているようだ。声が上ずっている。

ふと、ゆいみは格馬が好きなのだろうか、と、思った。

格馬は女性に人気があるらしい。本社の女性社員が格馬の噂話をしているのを聞いたことがある。

ついでに言えば、彼女たちに訊かれたことがある。格馬さんて、研究所でお風呂入ったりするんですか？　と。

開発の手伝いをするからには入るに決まっている。美月がけげんな顔をしていると、例の秘書がてきぱきと追い払ってくれた。

ゆいみは格馬には手厳しいが、悪く思っているわけでもないようだ。恋愛というのはすべてが同じ反応を示すとは限らない。ものの本によれば、好きだからこそ乱暴になったり、反発したりすることもあるらしい。

何冊か読んでみたのだが、会いたいからこそ会ってはいけないとか、かと思えばひたすら会えとか、自分の気持ちを隠せとか、正直に言えとか、本によって書いてあることが違う。例によって、基準値を示せ、と言いたくなる。

一般的な女性というものは、どうしてそういうことを知っているのだろうか。

『薔薇の森』の入り口は、大きなアーチになっていた。

アーチのすぐ下に、格馬が立っている。

格馬はスーツではなかった。ベージュのパンツに、革のジャケットを羽織っている。

アーチにからみついているのは、赤とピンクのモスローズ。手入れがいいらしく、細い幹からしっかりと茎が伸びている。芯が高く、花びらがよくわかる、薔薇らしい薔薇である。

風が吹いて、格馬の前髪がさらりとなびいた。

背が高いので、遠くから見るとちょうど格馬のまわりを薔薇が囲んでいるように見える。少女向けの陳腐《ちんぷ》な絵のようである。

格馬はまぶしそうに目を細めている。まだ美月たちには気づいていない。

ああ、なるほどね。と思った。

なるほど。女の子にもてるってこういうことかもしれない。ひとつ経験した。

陳腐でもなんでも、格馬には薔薇が似合う。

戦隊ものなら赤、花なら薔薇、寿司ならマグロ、ラーメンならトンコツ。王道の男。きっと。

「ん——……。私服は微妙……」

ゆいみがぽそりとつぶやいた。

「まあ、サラリーマンはこんなもんか」

ゆいみには美月と違う判断基準があるようだが、いつものゆいみが戻ってきたようで、これはこれで安心である。

「——格馬」

声をかけたのは、美月が先だった。

格馬の顔がぱっと明るくなり、となりのゆいみに気づいて、たちまち表情を硬くする。

どうやら、美月ひとりだと思っていたので、ふたりづれは目に入らなかったようだ。

「——なぜ砂川さんが?」

「すみませんあたし、お邪魔だってことはわかってたんですけど！　ていうか、邪魔しませんから！　部外者ですから！」

ゆいみは不自然にはきはきした声で、部外者という言葉を強調した。

格馬はあきらかに戸惑ったようにふたりを見比べ、美月を見た。

美月は目を逸らす。

「いや。いいですよ。——行こうか」

格馬は先に立って、歩き始める。

アーチの向こうから、作り物ではない、薔薇の香りが漂ってきていた。


アーチをくぐると、細い石畳が続いていた。

石畳の左右には植え込みがあり、ジギタリスの低い枝が緑の葉っぱを茂らせている。その前に一重《ひとえ》の薔薇が並んでいた。

満開よりも少し早いようだが、小さなつぼみや、咲きかけの花だけでもじゅうぶんな色どりである。黄色、オレンジ、ピンクなどの淡い色が中心だ。

「もっと、いちめんにばーっと咲いているかと思ったら、けっこう小さいんだね」

ゆいみは歩きながら、言った。

広い庭園に向かってゆいみと美月が先を行き、うしろから格馬がついてくる。

「ブッシュローズだからよ。木立性だから広がらないわ」

「こうしてみると、小さいのもいいね。一生懸命咲いている感じで。小さくても、たくさんあると、遠くから見たときに華やかだよね」

美月はふりかえり、駐車場からの道を確かめた。

「ここは遠くからは見えないと思うわ。塀が高いから」

「……美月、あのさ。そのとおりだけど、正直に言わなくていいから。普通に、きれいだねー、そうだねーって言いあったりしない？」

「きれいだとは思ってるわよ」

「オレンジっぽいピンクとか、かわいいよね。白っぽい黄色とかさ。はっきりした色より、ぼんやりしたのが好き。こういうの、性格出るよね。あたしはぼんやりした性格だから」

美月はいつものようにおしゃべりになりかけたところで、横に立った格馬の存在に気づき、はっとしたように口をつぐんだ。

「赤い薔薇はどこにあるのかしら」

美月は言った。

「あっちじゃない？　アーチがたくさんある！　あっちがメインの庭園なんだよ」

ゆいみは楽しそうに叫ぶと、はねるようにして石畳を駆けていった。

美月は呆れながら、横を見る。

格馬と目が合った。

格馬は笑っていなかった。風が吹き、前髪が片方の目を少し隠す。

私服の格馬を見るのははじめてである。会社にいるときはいつもスーツだったし、温泉で会ったときは裸だった。

ゆいみに言わせれば、微妙な私服、ということになるが。

「――砂川が来るとは、思わなかった」

沈黙を破るようにして、格馬はぼそりとつぶやいた。

「来てもらったのよ。わたしに合う薔薇を探してもらうため。わたしは自信がないから」

「自信がない？」

「フルーツのお湯のときと同じよ。ゆいみはわたしよりもかわいいものを知っているでしょ」

「ああ……そういう意味か」

格馬は、安心したようだった。

「芹沢は、赤い薔薇がいい、と言っていた」

「わたしもそう思う。だから、赤い薔薇を探すわ。芹沢さんには、言葉で説明するより絵を見せたほうがわかりやすいのよね」

「──こっちへ来ればいい」

格馬は言った。

石畳の終わりがけが、分かれ道になっていた。右へ行けば庭、左には、入り口よりはやや小さいアーチが並んでいる。次々にあらわれるアーチをくぐりながら歩いていけるらしい。

最初にあるのが、白い薔薇のアーチだった。

「芹沢は同期なんだよ。それで、いろいろ話した」

「聞いたわ」

「あのことも話した」

美月は、格馬の顔を見た。

「あのことって……」

「天指桃源《てんさしとうげん》温泉。はじめて会った場所だ。あのとき美月は、幻の温泉を作りたいという話をしただろう。俺はとても自由な気持ちになれた。あんな気持ちになったのははじめてだった」

てんさしとうげんおんせん、と、はっきり区切るように、格馬は言った。
美月は格馬を見上げる。
格馬は美月に目をやり、思い切ったように言った。
「いま会社で、温泉の企画を通している。俺は、美月とふたりであの温泉を作りたい」
「――あの温泉、って」
美月はつぶやいた。
天指桃源温泉。そこは、美月が格馬とはじめて会った場所だ。
しかし美月が目指す温泉は、そこではない。
天指桃源温泉には、ガラッパは棲《す》まない。おばあちゃんもいない。
格馬はそのことに気づいていない。
美月は失望し、失望した自分に驚いた。
わたしは、格馬にはわかってもらっていると思っていたのだ。
どうやらわたしは、思っていたよりもロマンティストだったらしい。
格馬と会ったのは、運命の再会ではない。
幻の温泉は、やはり、わたしひとりの幻である。
ピースマインド。芹沢がくれた凪《なぎ》の香りが、薔薇の香りの間に、ふわりと重なった。

「そんなに気にかかっていたのなら、もっと早く言ってもよかったんじゃないの？」

美月は言った。

これまでに何回も話す機会はあった。となりあわせで浴槽に入ったこともあった。

しかし、温泉の話を格馬から出してくることはなかった。

「そうなんだが……。なんとなく、会社では言いたくなかった。なるべく開発室に来るようにはしていたが、思ったより美月の性格がキツ……いや、仕事があわただしくて、機会がつかめなかった」

「悪かったわね」

「美月が気づいているのなら、そっちから言ってくるかもしれない、とも思ったし」

「わたしにそういうことを期待しないで。開発をしているときは、製剤のことしか考えていないわ」

「俺が、円城家の人間だからか？」

「違うわ。そんなことは気にしていない。たぶん、研究所の人間はみんな気にしてないわよ」

「少しは、気にしてもよかったんだ。仕事以外のことを」

「どういう意味？」

格馬はいつのまにか、足をとめていた。

心臓が少し、鳴っていた。自分のものだと思うが、格馬の心臓の鼓動かもしれない。

口紅、つけてくればよかったかな、と思った。せっかくもらったんだから。

なんでそう思ってしまったのか、わからない。

……いや、わかっていた。ずっと前から。

そこに問題がある、と認めたら、解決するために全力を注がなくてはならなくなる。本や資料を読み、基準値を探して、成功するために実験を繰り返さなくてはならなくなる。

しかし、仕方がない。認めよう。

美月は、観念した。

そこに問題はあるのだ。解決しなくてはならない。

この際、ガラッパとか、温泉とかは関係ない。

わたしの心臓が鳴っている。格馬がこっちを見つめてくる。それが証拠、兆候である。

美月は薔薇のアーチの前で、格馬と見つめあう。

格馬はまっすぐに、見つめ返してくる。

……何も言わないな。

なんだか格馬と、対決しているような気分になってきた。

こんなときのためにゆいみにいてほしかったのだが――きっと、いたところでどうにもならないいんだろう。

美月は腹をくくった。なにもかもが仕方がない。人生の経験値は自分で稼ぐしかない。

「わたしのどこが好きなの」

美月は、格馬に尋ねた。

格馬の顔が、さっと赤くなった。

そして、言った。

「――体だ」

…………………。

美月は格馬を見上げた。

格馬の手がアーチにかかる。緑の葉っぱががさりと動き、その合間から、赤い薔薇が見える。

オールドローズだった。鮮やかな、やや青みがかったようにも見える、大きな薔薇。

美月は格馬をおしのけて、体を乗り出した。

「あの薔薇だわ」

美月は、つぶやいた。

つる薔薇だ。たくさんの緑の葉の中に、ぽつりぽつりと開きはじめている。満開には少し遠い。ほとんどの花はつぼみだが、ひとつだけ、満開の大きな花がある。

華やかでいて、孤高の花だと思った。きっと、潔癖な香りを持っているのだろう。

美月はアーチの脇を通り抜けて走って行く。

庭園に、ゆいみが歩いているのが見えた。美月を見つけ、軽く手を振る。

美月は手を振りかえし、赤い薔薇を指さした。

ゆいみは目を見開き、ぱっと笑顔になった。そのまま駆けてくる。パーカーのフードとまとめた髪が、首のうしろでぴょんぴょん跳ねた。

「この薔薇」

美月は、言った。

花の根本に、デビュタント——という、小さなネームプレートが見えた。

デビュー。未知なる情熱。新しい場所へ向かって。

「わかるわかる！　すごくいいね。美月にぴったり！」

ゆいみは、にこにこしながら言った。長いまつ毛に囲まれた瞳が輝いている。

「わかる？」

「うん。頭良くて美人でかわいい花」

同じ花なのに、人によって感じ方は違うものである。

美月はバッグからデジカメを取り出す。ゆいみはすでにスマホを構えている。これまで庭園でたくさん撮っていたらしい。

「よかったわ。遠くから見てぴんと来たの」

「そういうのって大事だよ。ね、格馬さんもそう思うでしょ？」

ゆいみは美月のうしろに向かって、言った。

美月は思わず、ふりかえる。

「――ああ」

格馬はゆっくりと歩いてくる。美月と目が合うと、あきらかに気まずそうに目を逸らし、かたわらの薔薇を見つめた。

「薔薇の香りがするわね」

『藍の湯』の玄関を入るなり、美月は言った。

となりにはゆいみがいて、嬉々《きき》としてサンダルを脱ぎ、下駄箱に入れている。

今日から、変わり湯に試作品の薔薇の湯が登場するので、ふたりで来てみたのである。

美月の言葉をきいて、ゆいみは鼻をくんくんさせた。

「えーそうかな。わかんないよ。美月の薔薇風呂、香りきついの？」

「そこまで強くはしてないわよ」

「美月は鼻がいいからなあ……って、なんですかこれは！」

ゆいみは下駄箱を抜け、フロアにつながる角を曲がったところで、声をあげた。

目に入ってきたのは、大きな花びん。活けてあるのは色とりどりの薔薇の花だ。かすみ草や緑の葉でアレンジが利かせてあり、大きさは一抱えもある。

普段なら、血流を計るマシンだとか、血圧計だとか、骨盤ダイエット座椅子だとかの健康器具が並べてある場所である。いまはそれらが片づけられ、和風の花台がならべられている。

この場所に、季節の雰囲気に合わせて何かが飾られていることはあるが、これほどの花を見るのははじめてである。

和風にしつらえられたフロアの中で、鮮やかな薔薇は圧巻で、作務衣姿の夫婦や親子づれが足をとめて見入っている。

「すっごくきれい！　薔薇のお風呂に合わせたのかな。こりゃ目に宝だねえ」

ゆいみはすっかり感激している。言い回しが古い。

美月は手をのばし、大きな葉の影になっているカードを取り上げた。

藍の湯　様
パラダイスバス　営業部企画課長　円城格馬

「あ……格馬さん……か」

カードを見て、ゆいみの声のトーンがやや下がった。

ちょっと心配そうに、美月に目をやる。

「これって、いいのか悪いのか、どっちなのか、な？」

「いいのよ」

美月は言うと、カードを戻した。

格馬から、あれから連絡はなかった。

開発途中で格馬の意見をきく段階はまだだし、最近は本社のほうが繁忙期《はんぼうき》に入ったらしく、研究所に来ない。

メールは、薔薇園で待ち合わせしたときに短くやりとりをしただけで終わっている。

とにかく格馬は、薔薇の入浴剤のことを忘れてはいなかったわけだ。

『藍の湯』に入りに来るであろう美月のことも。

「あたし、やっぱり薔薇はピンクが好きだな。小さいやつ。かすみ草もかわいいよね」

「評判がよければ、いろんな花のものを出してもいいって飯島課長は言ってるわよ。でも、かすみ草はどうかかな」

「確かに、脇役の花だよねえ。かすみ草の入浴剤って無理やりかも」

ゆいみは薔薇とかすみ草を見つめて、笑った。

「いいじゃん、こういうのは雰囲気だもん。あたし、脇役で無理やりな性格だから」

ゆいみの茶色い瞳が、きらきら光っている。

かすみ草の香りはわからないが、芹沢ならきっと作ってくれるに違いない。

花台の前を通り過ぎようとしたとき、美月は花びんの下に、ふたをあけた小さなびんがあるのに気づいた。

薔薇の香料である。

ほのかに漂う香りの正体は、これだった。

きっと芹沢だ。この薔薇も、彼の入れ知恵かもしれない。どうりで、格馬にしては気がきいていると思った。

美月は赤い薔薇を見つめながら、作られた薔薇の香りを吸い込む。

デビュタント。まぶたの裏に、鮮やかな赤い薔薇が広がった。

幻の温泉を求めて

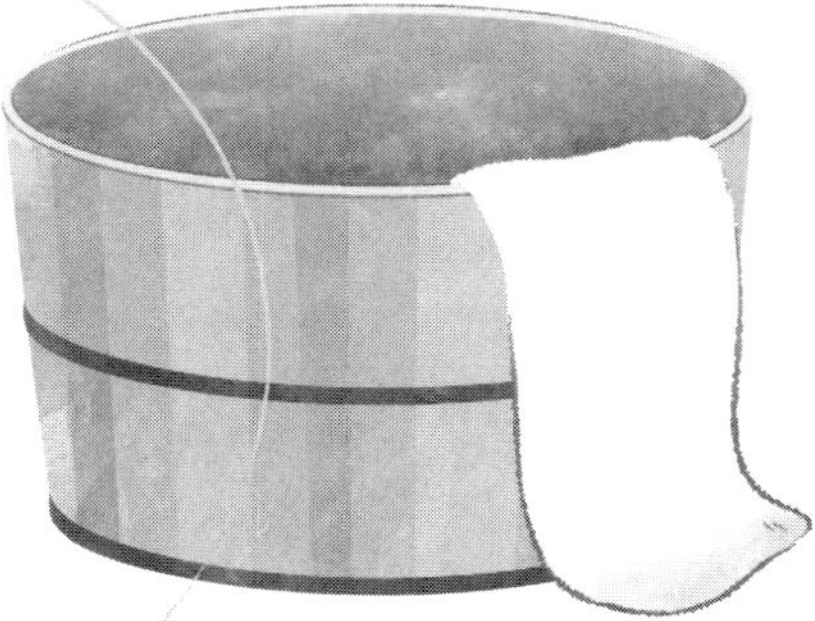

お湯の向こうから、ゆっくりと人影が近づいてくる。

頭の上に、平たいお皿。背中に背負った緑の甲羅《こうら》。

湯けむりの中に浮かぶ、長い手足。

「わたしは、あなたに会いたかったの」

と、美月《みつき》は言った。

彼は黙って、美月を見つめていた。

幻かと思った。この日を夢見ていたのだと思った。

美月はずっと、彼に恋をしていたのだ。

彼は、誰。

＊＊

「入浴剤ですかー。すごいなあ。美月さん！」

ゆいみの斜め向かいから、大きな声が聞こえてくる。

ゆいみは二杯目の梅サワーを飲みながら、掘りごたつ式のテーブルの向かいに目を走らせた。

ゆいみの向かいには、グレイのサマーニットを来た大柄な男と、ゆいみの女子高からの親友である春菜《はるな》が、美月をはさんで座っている。

男は確か、出羽《でわ》とか言った。春菜が連れてきたので、ゆいみと美月とは初対面だ。

こちらにいるのはゆいみと、友人の男女。このふたりはつきあっている。

男子二人、女子四人。合計六人。個室の居酒屋にはちょうどいい人数である。

合コンではなくて、ゆいみが週末に帰省するついでに、友だちとそのまた友だちが集まって、ごはん、と称する飲み会になったのだった。いつものことだ。

いつもと違うのは、美月と出羽がいることである。

「俺が最近見たの、お湯に入れると、中からピンクのサニちゃんが出てくるやつ？　あいうの？　女子っぽいよね。美月さん、サニちゃん好き？」

出羽はさきほどから、美月に熱心に話しかけている。

そもそも今日の飲み会の企画は、出羽が言い出したものらしい。ゆいみがグループ内のサイトにアップした、薔薇園の写真を出羽が見て、美月に会ってみたい、と言い出したのだ。薔薇がメインで、美月は小さな横顔だけだったのに、よく見つけ出したものだ。

春菜から連絡をもらって、いちおう話してみるけど……と生返事をしたものの、無理だろうと思っていた。美月に話をふって、てっきり断ってくると思ったら、行くわ、と美月が答えたのは、ゆいみにとっても意外だった。

行ってもいいわ、じゃなくて、行くわ、である。

美月と知り合って半年弱だが、美月のことはいまひとつわからない。

彼氏が欲しいなら、円城格馬《えんじょうかくま》という、そこそこの男が目の前にぶら下がっている。彼が美月を好きなのはほぼ確実で、美月さえその気ならすぐに彼氏に昇格しそうである。

五歳年上の企画課長、ゆいみのタイプではないが、社内恋愛の相手としてはまずまずだと思う。少なくとも出羽よりはいい。

もしかして美月って、男を手玉にとりたいタイプ？　あれで意外と。

美人だしな。胸大きいしな。

……のわりには、愛想もへったくれもなく、手酌で日本酒を飲み続けているけど。

化粧もほとんどしてないし、なんかピリピリしてる。

笑うとかわいいのに、ほんともったいない。

ていうか、今日はスカートはいてくると思ったんだけど――……。

「だから、それは浴用化粧品なので。わたしの仕事じゃないの。そういうものは作っていないのよ」

美月の声が、少し大きくなっていた。

始まって三十分。個室の中は、美月と出羽、残りの四人、という、ふたつの固まりに分かれつつある。

ゆいみも美月の組に入ったほうがいいのか、と思いつつ、席が離れているせいもあって、きっかけがつかめない。

……ひょっとしてこれ、出羽と美月をくっつける会だったの？

ゆいみは梅サワーを口に運びながら、考える。

そういえば春菜は何回も、今日はふたりとも来るよね？　と確認してきてたっけ。

「でも、どっちも同じでしょ。入浴剤とか、風呂に入れて、色が変わる薬でしょ」

「違うわ。医薬部外品は試験データを厚生労働省に提出して、認可をもらっているの。浴用化粧品はすぐに認可が下りるけど、効能に保障はない。わたしが開発しているのは、医薬部外品のほうなの」

「効能ってあれ？　あったまります、うるおいます、ってやつ？　まあ熱いお湯に入ればあったまるよね」

「あったまる、というのはその場だけのものじゃないです。持続的に……」

「ふーん？　……あ、ええと、酒、なくなってきたんじゃない？　新しいの頼もうか。飲んだらもっとあったまるよね」

野暮《やぼ》だなあ、とゆいみは出羽に呆れた。

相手の仕事と趣味を否定しちゃいけない、というのは、さほど親しくない同士の飲み会における鉄則である。

二十代も半ばにさしかかれば、それくらいみんなわかっていると思っていた。

まして、美月は仕事ひとすじの開発者。軽口を受け流す性格でもない。

「美月ちゃん、この酒、俺も飲んでいい？」

出羽の呼びかけが、美月さん、から、美月ちゃん、になっている。

出羽は空のぐい飲みを取り、二合のとっくりを指さしている。

美月は不思議そうな目で出羽を見て、どうぞ、と言った。

しばらく、無言で見つめ合う。

「あたし、お酌しまーす」

美月のとなりにいた春菜が、手をのばしてとっくりをとり、自然に出羽に酌をした。

春菜は察しがいい。さすが広告代理店勤務。フォローに入るには席が遠いゆいみは、ほっとした。

もっとも出羽を連れてきたのは春菜なので、ある程度は気をつかってもらわないと困る。

「あたし、バスボム大好き！　海外から通販でとりよせてるよ。肌にいいって書いてあるけど、ああいうのはどうですか？」

　とりなすように、春菜は尋ねた。

　美月は少し考えた。

「場所にもよるわ。ヨーロッパは硬水が多いので。日本の水だと、溶けたときにペーハー値が違ってくるかもしれない」

「ペーハー？」

「水に溶ける化合物は、お湯に入れたときに水のイオンと結びついて、再生成されるの」

「イオンって……」

「高校のときに化学で習ったと思うけど。元素記号と化学式のことよ。蜂の巣みたいになっている表、見たことない？」

「あ、水がH_2O！　ってやつ。って、H_2Oしか覚えてないけどー」

「水素がHでしょ。酸素がOね」

「そう。海外のものはナトリウムが……つまり、塩が多いことがあるのよ。海外と日本だと入浴事情が違うし、向こうが日本の水と施設で実験しているかどうかわからないわ。下水管の金属が違うかもしれないし」

「バスソルトっていうくらいだからねー。ときどき買っちゃうけど」

「買っちゃうよねー」

ゆいみが言った。

「お待ちー」

個室の戸が開いて、店員が明るく入ってくる。

注文した飲み物と、山盛りシーザーサラダが来ると、春菜が手をのばし、すかさず全員にとりわけはじめる。

「砂川《すなかわ》はほんと、風呂好きだよな。美月さんとも風呂で知り合ったんだろ」

「そうそう、裸のつきあいってやつね」

ゆいみのとなりにいた奥村《おくむら》が口をはさみ、春菜と、もうひとりの友人である亜佐美《あさみ》が笑った。

ゆいみほどではないが風呂好きの亜佐美が、好きな風呂について語りはじめ、美月が大真面目に言った答えがおかしくて、みんながどっと笑う。美月も笑う。

ようやく穏やかな空気が漂いはじめたそのとき、

「美月ちゃんさあ、大学どこなの」

出羽が尋ねた。

やっと和《なご》んだ空気が、少し冷えた。

「――工業大学ですけど」

美月は低い声で、大学の名前を言った。

出羽は美月から目を逸らすと、ふうん、と興味なさそうにぐい飲みを傾ける。少し酔っ払っているようである。

「ね、もうちょっと何か頼もうか。美月さんって知り合いにいないタイプだから、いろいろ教えてほしいな！」

亜佐美が無邪気にとりなそうとするのをさえぎるようにして、

「きれいで頭もいいなんて、ほんとすごいね。美月さん」

出羽はふたたび、美月に言った。

いつのまにか、美月さん、に戻っている。

「でも入浴剤なんて、なきゃないですむものだよね。俺、そもそも使わねえわ。そういえば」

いったいどうしてこんなヤツ連れてきたんだよ！　責任とれよ、春菜！

ゆいみと亜佐美が同時に春菜に目をやり、ふたりの内心の声が聞こえたかのように、

「あ、いま、メールあった！　すぐ近くまで来てるって！」

春菜が、大声をあげた。

春菜も雰囲気をとり戻そうとして必死である。

ゆいみはほっとして、春菜のスマホをのぞきこんだ。

「まだ誰か来るの？　ここにいるだけじゃなかったんだ。あたしの知ってる人？」

「あーと、まあ」

春菜は、しまった、という顔をした。

言いづらそうに口ごもるとスマホを隠し、ちらりと亜佐美の顔を見る。

亜佐美は目を逸らした。

春菜は一瞬迷ったあとで、さりげなく笑顔になった。

「知ってるっていうか。三浦《みうら》君なんだよね。高志《たかし》君。男子が少ないから、数合わせで呼んだんだ。ゆいみも、そろそろ、会ってもいいんじゃないかな。ねえ？」

あくまで冗談めかして、春菜は言った。

今度は、ゆいみが真顔になった。

三浦高志――といえば、ゆいみの元彼氏の名前なのである。

別れたのは去年の十二月、まだ一年もたっていない。

おしゃれでおいしい、と有名なカジュアル居酒屋の空気が、さらに冷えた。

「ゆいみまで出てくることなかったのに」

と、美月は言った。

夜十時。美月とゆいみは飲み会を中座して、駅に向かっている。

さくら市まで遠いから、と言ってさっさと店を出たのだが、もちろん口実である。遠いのは事実だが、電車に乗ってしまえば一時間程度だし、今日は金曜日。早く帰る理由があるわけでもない。

それにしても、仲のいい友人たちの飲み会、なるものが、ああいうものだとは思わなかった。

美月はぼんやりと雲のかかった夜空を見上げた。

ゆいみは友人が多い。どこに行った、何を食べた、と楽しそうに話すので、興味もあって参加してみたのだったが、結局、うまく楽しめないまま出てくることになってしまった。

……無理はするものじゃない。

ゆいみと一緒にいると錯覚してしまうが、美月は昔から、こういうことには向いていないのである。

「なんかごめんね、美月。出羽君、しつこかったよね。春菜の同僚だから、あたしも知らない人でさ」

　ゆいみはさっきから、困ったような顔で美月にいいわけをしている。

「美月の写真見て、自分から会いたいとか言ってきたくせに、あれはないよねえ。もう二度と呼ぶなって言っておくわ」

「むしろわたしが悪かったわよ。ゆいみは残っていればよかったのに。しばらくぶりに会う友だちだったんでしょ」

　美月は言った。

　出羽のような対応をされるのは初めてではない。たぶん美月の言い方が悪いのだろうと思うが、だったらどう答えるべきか、美月にはわからない。

「あたしはいいの。いつでも会えるから。ていうか、あたしも頭きてるから。黙って高志呼ぶとか、もう、いいかげんにしろ、って感じ。抜け出せてちょうどよかった」

「高志さん、って、ゆいみの元彼よね。来ること知らなかったの？」

「知らなかった。ていうか、春菜、あたしに知らせないようにしてたんだと思う。高志が少し遅れてくるように、わざとセッティングしたんだよ。春菜ってそういうところあるんだよね。画策するの。いい子なんだけど、ときどきイラっとするんだ」

　ゆいみはピンク色のネイルがほどこされた指を握りしめ、珍しく友人の愚痴《ぐち》を言った。

「高志君を呼んで、どうするの？　もう別れたんでしょ」

「そうだけど、高志がまだ、未練があるんだって」

「だからって、ゆいみがいやがっているのに無理に会わせるの？」

「ていうか、高志と話したいんだろうね、春菜は。高志は飲み会好きじゃないから、普通に誘っても来ないんだよ」

「春菜さん、高志君のことが好きなの？」

ゆいみは少しさびしそうに笑った。

「高志はねえ、七《なな》ッ丸《まる》商事にお勤めなのよ。春菜はいま彼氏いないからね。高志に誰かを紹介してもらいたいんだと思う。就職してから態度が変わったもん」

「商社マンなんだ」

「そう。商社とかって柄じゃなかったから、七ッ丸ってきいてこっちがびっくりよ。ぽよーんって感じの人だからさ。春菜、どうやってアドレス知ったんだろう」

美月は、春菜の胸もとの開いたシャツと、耳たぶあたりから発する甘い香りを思い出し、不思議な気持ちになった。

ゆいみと春菜が会ったのは一カ月ぶりとかで、久しぶりー、かわいいー、と言いあっていたが、内側にはいろいろあったわけだ。

ゆいみは水色のカーディガンと、レースのついたひざ丈のスカートである。ネイルは塗りたてで、先端が少しキラキラしている。まつ毛にはたっぷりのマスカラ。会社にいるときとも、スーパー銭湯《せんとう》に行くときとも雰囲気が違う。

飲み会ではにこにこして、どちらかといえば聞き役だった。ゆいみのおしゃべりに慣れている美月には意外だったが、内心いろいろ考えている、ということなのだろう。

友だちづきあいというのは楽しいばかりではないのだな、と思った。

ゆいみは都会の夜空を見上げながら、はねるように歩いている。

「ぼよーんって感じって、どんな感じ」

「パンダみたいなの。趣味がパン作りで、休日はパン作ってるの。女子大にいたとき、あたしがパン屋でバイトしてて知り合った。あたしが看板娘で、高志は裏方。熱心に働いてるなあと思って好きになったら、趣味だったんだよ。騙されたわー」

美月は思わず笑った。

ゆいみがパン屋で働いている姿は想像がつく。人気者になりそうだ。自分にはできない仕事である。

それにしても、ゆいみは元彼の悪口を言わない。

別れたのは、趣味が違うという以外の理由がなかったようだ。

「つきあってたの、けっこう長かったんだよね」

「四年かな。あたしものんびりするの好きだから、ちょうどよかったんだと思う。優しいし、あたしなんかにはもったいない人なんだよね」

「高志さん、お風呂に入る人ならよかったのにね」

美月は言った。

「そうなのよ。お風呂好きでありさえすればね」

ゆいみも、しみじみとつぶやいた。

「高志の家、浴槽がふさがっているのはまいったよ。一回、食事前に入ったことがあったんだけど、出たとき超不機嫌なの。ケンカになって家を出て、すぐにスーパー銭湯とびこんだもん。結婚したらそういうのが続くと思うと、耐えられなかったんだよね」

「結婚申し込まれてたんだ」

「そうよ。受けてたらいまごろ人妻よ。七ッ丸商事の社宅住まいよ。やばいなあ、十年後、後悔するかな。あたし、美月みたいにやりたいことがあるわけでもないのにね」

ゆいみは笑った。

「春菜もうるさいし、東京にいると未練断ち切れないから、離れたかったんだ。さくら市なら、あたしでもひとり暮らしできるし。高志、なんで新しい彼女作らないのかなあ」

「元彼の写真持ってる？　見てみたい」

ゆいみは少しだけ、表情を硬くする。

「格馬さんとは違うよ。かっこいい人じゃないって」

「なんで格馬が出てくるのよ、ここで」

ゆいみの会話はたまに脈絡がない。とくに格馬に関しては。


「美月はどうなの？　大学のときとか、バイトしてた？」

ゆいみが尋ねた。

「実験ばかりでそんな暇《ひま》はなかったわ。休日は温泉に行ってたし」

美月は答えた。

駅までまだしばらくあった。空のタクシーが走ってきたが、とめるのはやめる。空にはまだ雲がかかっていたが、星と一緒に月が夜道を照らしている。

「温泉かあ、やっぱり好きだったんだね。友だちと？」

「ひとりでよ。そもそも友だちいないもの。高校は熊本《くまもと》だし、大学はほとんど女子がいないから作りようがないわ。温泉研究会には入ってたけど、わたしが行くと部屋を余計にとらなきゃならなくなるから、メンバーに迷惑かけるのよ」

「あ、そういえば工業大学だっけ。工業大学って、女の子何人くらいいるの？」

「わたしのときは、工学部百五十人中、三人」

　ゆいみは目を丸くした。

「その三人で仲良かったりしないの？」

「仲は悪くなかったけど、ひとりは留学したし、ひとりは研究室に残ったし、わたしは最初から入浴剤の開発やりたかったから、共通点がなかったわ」

「だって、温泉めぐりでしょ。浴衣《ゆかた》着てキャーキャーして、おいしいもの食べてればいいじゃん。美月、日本酒好きだし」

「人がいると自由に動けないじゃない。みんなバイク持ってないし」

「ば、バイク？」

　美月はうなずいた。

「山奥の源泉って観光地になってないから、オフロードバイクでしか行けないのよ。一年のときに免許とったの。滝を見るのも好きだから、滝見て、温泉入って、写真撮って、の繰り返し。ヤマハのセロー、いまでも持ってるわよ。軽くていいバイクよ。最近はさすがに車で行くようになったけど」

ゆいみはまじまじと美月を見た。

「……あのさ、美月、もてたでしょ？」

ここで、この質問が来る理由がわからない。

美月は少し眉をひそめて、額におちかかってくる髪をかきあげた。

「言ったでしょ、女子がすごく少なくて、ああいう飲み会とかの経験はないって」

「いや、だって、する必要ないよ。百五十人対三人って」

「百四十七人対三人よ。それだけ差があると、性別なんてどうでもよくなるわよ」

「男子のほうはどうでもよくなかったと思うけどな。もったいないなあ……。でも、それが格馬さんとの純愛につながっているからいいのか」

「だからなんで格馬が出てくるのよ」

美月は言った。

格馬のことはつとめて、考えないようにしていた、というのに。

今日、ゆいみに誘われて飲み会に参加したのは、格馬以外の男性というものを知っておきたかったため、というのもある。

薔薇園で告白めいたことをされて、そうだったのか、と納得はした。

自分の心も認めた。どうやらわたしは、格馬に対して、温泉とか昔の出会いとかとは関係なく、恋愛感情めいたものがあるらしい。

それがわたしの心の問題だとすれば、対処するべきである。

どう対処するべきか、というのはよくわからないのだが。

ゆいみはふわふわと流されるまま生きているようで、大事なことは自分で考えて決めているると思う。好きなら好き、これこれこういう理由があるから別れる、ときっぱりと言えるのは、ゆいみの特質であり美点だ。

これは、経験値の違いなのだろうか……。

これが純愛だとしたら、どうしてあれから、格馬からの連絡がないのか？

こちらからするべきなのか。用事もないのに。しかし、用事がないのは向こうも同じである。

（わたしのどこが好きなの）

（――体だ）

……このやりとりは、ゆいみには言えない。言えるわけがない。

「格馬さん、ムカつくところもあるけど、出羽よりはいいよ。温泉好きみたいだし、いばっているわりには、美月のことをリスペクトしてる」

ゆいみはのんきに話している。

「それは飯島《いいじま》課長に対してもそうよ。格馬は本当は、開発者になりたかった人だから。立場上できなかっただけでね」

「未来の社長だから？」

「そういうことになるわね。人事がどうなっているのかは知らないけど。仕事以外のことは話さないのよ」

「格馬さんと、もっと話したほうがいいと思うよ。お茶したり、ごはん食べたりして。天《てん》天《てん》コーポレーションって社内恋愛禁止？」

「そんなこともないと思うけど」

「入社前に温泉で会ったときの話は？　あのときはびっくりしたよねー、入社してすぐに気づいた？　って話をふったりしないの？」

「しないわよ」

「してみなよ」

「必要がないわ」

「そう思ってるの美月だけだよ、きっといつか、ガバッと来るよ」

ゆいみは断言した。

続きがあるのかと思って集中したが、それで終わりだった。

いつかガバッと来たら、どうすればいいのか。答えはないのか。

答えを知りたい。美月はゆいみにすべてを打ち明けて相談したい、と思う。もちろん、そんなことをするわけがないのだが。

並んで歩いていると、ゆいみがふと、立ち止まった。

道沿いに、大衆的なバールがある。薄暗い店内にワインのびんが並べられ、外にある黒板に、スパニッシュオムレツとワイングラスのイラストが書いてある。

ゆいみは店の中をガラス越しにのぞきこみ、ふりかえった。

「ねえ美月、もっとゆっくり話さない？　おなかすいちゃった。今日、あんまり食べてないんだよね」

美月は腕時計に目を走らせた。

「いまから食べたら、終電に間に合わなくなるわよ」

「大丈夫、この近くに、泊まれるところあるから。部屋キープしてから飲めばいいじゃん」

空は雲が晴れ、少しずつ星が見えてきている。

「今から部屋がとれるの？」

「とれるよ。ホテルつきのスーパー銭湯だもん。ミストサウナもあるの。超穴場。あたし、都内のスーパー銭湯、熟知してるんだよね」

ゆいみは飲み会に行くときよりもよほど、いきいきとしている。

……ゆいみ、風呂、好きすぎだよ。

ゆいみと知り合って何度目か、同じことを美月は思った。

風呂嫌いの元彼とは別れるべきだったと思うが、彼に同情できなくもない。


満点の星の下、バスローブを脱ぎ捨てると、格馬は一息に湯船に体を沈めた。

ざっ、と音がして、バスタブのふちからお湯が一気にあふれ出る。

円城家——都内の一等地にある、格馬の自宅である。

敷地の中に家は三軒。格馬は離れの一軒を譲り受けて、ひとりで住んでいる。

格馬は暮らし始めるにあたり、二階の仕事部屋から続くオープンテラスに、露天ジェットバスを備え付けた。

ジェットバスの横には小さなテーブル、背中にあたる部分には棚がある。テーブルにはビニールでつつまれたブックスタンドとリモコンがあり、濡れた手で触れることなく、書類を読み、テレビや映画鑑賞をすることができる。

……静かだ。

格馬は肩まで身を沈め、星空を眺めながら、ジェットバスのスイッチを入れた。

ぶくぶくぶく……と、泡が出てきて、肩や足をやわらかく揉みほぐし始める。

格馬はテーブルの上に置いてあったフルーツ牛乳に手をのばし、口に運ぶ。冷蔵庫だけは置いていないので、食べ物や飲み物は風呂に入るまえに準備しなくてはならない。

ふわりと薔薇の香りが漂ってきた。

入浴剤の香りではなかった。今日のお湯は美月が開発した、『恋する女の子の気持ち・ふんわり苺《いちご》ミルクの湯』だ。

きっと、どこかで季節はずれの薔薇が咲いているのだろう。

薔薇――といえば、美月を思い出す。

いま美月は、薔薇のアロマバスを開発している最中である。製品化するまでにはまだかかるが、社内の評判は悪くない。

企画課の会議に、薔薇をかかえてやってきた美月は、はっとするほど美しかった。女性向けのお湯を作りたい、という言葉にも説得力があった。

天天コーポレーションの入浴剤、『パラダイスバス』は、効能にこだわり、残り湯が無害であることにこだわり、医薬部外品としての認可を受けている。時間がかかっても、そこは妥協したくない。

天天コーポレーション研究所に入浴剤開発室が発足して八年――つまり、格馬が入社して八年ということになるが――最初は飯島しかいなかったのが、大城戸《おおきど》と美月を含めた三人になり、ヒット商品を出して社内でも認められるようになってきた、というのは、格馬にとってはほっとすることである。

公《おおやけ》にはしていないが、風呂は格馬の趣味である。毎日必ず一回、できれば二回、一時間入り、風呂に入りながらあれこれするのが幸せであり、明日への活力である。

温かなお湯へ身を沈めていると、大きくて幸せな、別のものに抱かれているような気がする。

ここにいれば、何も心配することはない。

はじめて入浴剤開発室に足を踏み入れたとき、ずらりと並ぶ浴槽を見て、この風呂にかたっぱしから入ってみたい、という、湧き上がる気持ちをおさえられなかった。

最初は飯島だけだったから、研究所に行くたびにモニターを申し出た。飯島は格馬の心をくみ、浴槽の間にカーテンをそなえつけた。

入浴剤を作るのは、格馬の夢だった。

なかでも作りたかったのは、温泉だ。

青は藍《あい》より出《い》でて藍より青し――。

そう教えてくれたのは、幼いころに風呂に入れてくれた、本邸に手伝いにきていた女性だった。

小枝子《さえこ》――といった。美人だったと思うが、顔はあまり覚えていない。

覚えているのは体である。名前のとおりほっそりとしているのに、胸だけは大きくて、ふっくらとしていた。肌は真っ白で、浴室の薄明かりの中で見ると、背中が光り輝くようだった。

小枝子は風呂が大好きだった。本邸の檜《ひのき》風呂に小さい格馬を抱いて入り、お風呂はいいよね、と何回も言った。お風呂を好きな子はみんないい子だ、と。

小学校にあがる前の思い出である。両親がともに忙しかったので、格馬には母親と風呂に一緒に入った記憶がない。

いま、小枝子が何をしているのか、格馬は知らない。おそらく五十代――六十代にさしかかる年齢になっているはずである。

家にいて、温泉よりも温泉らしいお風呂に入れたらいいね、と小枝子は言っていた。

格馬の温泉好き、風呂好きは、小枝子の影響が大きい。

そして、そのことを思い出させたのが、美月だ。

幻の温泉を作りたい。

求める温泉がないならば、自分が作りたい、と――。


四年前――。

格馬は、天指桃源《てんさしとうげん》温泉へ向かって、歩いていた。

天を指す、桃源の温泉。

格馬はそのころ、入社四年目。休暇を見つけては温泉に行くのがひそかな楽しみだった。

天指峠《とうげ》温泉は、北関東の温泉地である。

観光地となっている、旅館が並ぶ通りから少し離れたところに、岩の中で入れる源泉がある。

きちんとした名前はついておらず、峠温泉をもじって、天指桃源温泉、と呼ばれるようになった。泉質がよく、一部の温泉好きの間でのみ知られた場所である。

観光地でないのは、行く手段が難しいからである。目的地までけわしい一本道しかなく、オフロードバイクか、歩きでしか行けない。途中からは林道ともいえない道になるので、バイクも置いて歩いていかなくてはならない。

とはいえ、そんな温泉は日本では珍しくない。片道一時間、道があり、それほどの装備でなくても行けるとなれば、山奥の源泉としてはむしろ手軽なほうである。

格馬は緑のリュックサックに必要なものを詰め、歩いて桃源温泉へ到着した。

冬だった。あたりにはもやがけむっていた。朝もやの名残か、湯けむりなのかわからない。

山の温泉のすべてに言えることだが、岩が濡れてすべりやすくなっていた。格馬は源泉の位置を確かめると、注意深く服を脱いだ。

リュックをかつぎ、貴重品を手ぬぐいで巻いて頭に載せる。山の露天温泉に入るとき、貴重品を岩の間に隠す派と、頭に載せる派がいるが、格馬は載せる派である。

タオルを腰にまき、そろそろと温泉に向かっていくと、もやの中に、人影があらわれた。

女性だった。

女性はびっくりしたような顔で、格馬を見つめていた。

白い着物を着ている、と思った。細い髪が数本、頬のまわりにまといつく。

自然の緑と湯気のなかに、ふっくらした胸が、白く浮かび上がって見えた。

きれいな体だった。

「さえちゃん……」

格馬は呆然として、口の中でつぶやいた。

びっくりしたのはお互い同じだったようで、口がきけるようになるまで数秒、それから、美月のほうから尋ねた。あなたは人間よね？　と。

「あなたは人間よね？」

「そうだ。そっちは？」

「あいにく、人間だわ」

はじめて交わすにしては、妙な会話だった、と思う。

「わたし、お湯に入るわ」

美月はふっと笑うと、白い着物をばさりと脱ぎ去った。白い胸がいきなり目のまえにあらわれて、心臓が止まるかと思った。

――実際は美月は下にベージュ色の水着をつけていて、着物だと思ったのは、バスローブだったわけだが。

美月は足からお湯につかり、あわてて格馬が横に入った。入りながら、頭に載せた手ぬぐいの包みと背負ったリュックサックを、あわてて岩に放り投げた。貴重品どころではない。

「なぜここに？」

「温泉が好きなの。就職活動が始まったら、しばらく行けなくなるでしょう」

「就職活動中？」

「そう。入浴剤を作りたいの。子どものころからの夢なの。わたし、東京の工業大学で、温泉研究会に入ってるのよ。わたしには、幻の温泉があるの」

温泉につかりながら、美月は格馬に言った。

硬い岩には苔《こけ》がつき、座るとごつごつとして痛かった。お湯はこんこんと湧き出ている。ぬる好きなので熱すぎて、場所を移動したかったのだが、あまりもぞもぞするのもおかしいように思えて、額に汗をかきながら、格馬は美月の言葉をきいていた。

「入浴剤……。どこの入浴剤が好きだ？」

「『ヘルスアロマバス』かな。あそこは温泉シリーズがあるでしょう」

「――大きすぎるところは、自由にやれないと思うが……」

「会社の規模は関係ないわ」

「それなら」

それなら。俺の勤めている会社で、入浴剤を作ってるから――。

俺が発足させた部署だから。

なんなら俺の権限で、一次試験、いや二次試験まで、免除してもいい。

そう言おうと思ったとき、美月は、あ、という声をあげて、温泉からあがっていった。

「時間だわ。もう終わり」

美月はざばっと温泉からあがり、そのまま立ち上がった。

岩肌を踏んで、歩いていく。思っていたよりも背が高く、しっかりした体だった。美月にとっても熱すぎたのか、太ももが上気して赤くなっていた。

けむるもやの少し先で、バスローブをばさりと拾い上げる音がした。


せめて名前を聞いておけば、と悔やんだが、聞けなかったものは仕方がない。

都内の工業系の大学の数は限られている。女性で、有機製剤の研究をしている、となると、数十人までは絞れるはずである。

入浴剤を扱っている会社は数社。いちばん大きいのは洗濯洗剤から虫除けスプレー、化粧品からカイロまで、あらゆる生活用品を扱っている会社である。そこの『ヘルスアロマバス』シリーズは流通量も多く、開発員の数も多い。とられたら、もう会うことはできない。

しかし幸い、天天コーポレーションの『パラダイスバス』の評価が高まっているときでもあった。開発員はふたりだが、飯島課長も大城戸も優秀である。大城戸が開発した『ゆずゆ』と『しょうぶゆ』は、『パラダイスバス』の主力商品に成長しつつある。

格馬は女性の研究員を強化すべきという名目のもと、製剤研究をしている大学四年生の女性に企業案内を送らせた。当社は大手の会社と違い自由度が高いというアピールも盛り込んだ。

そしてその数カ月後。研究職希望者の履歴書をチェックしていたら、鏡《かがみ》美月、という名前にめぐりあった、というわけなのである。

趣味・温泉めぐり。九州出身。印象的な黒い瞳。写真を見て、すぐにわかった。

——円城は、ロマンティストだな。

そう言ったのは、同期の芹沢《せりざわ》だったか……。

音がしなくなったな、と思ったら、ジェットバスのタイマーが切れていた。

格馬はもう一度スイッチを押し、泡の中にあごをうずめる。

三年の間、温泉について何も話さなかったのは、美月が目の前の仕事に熱心すぎ、格馬のことをあまりにも気にしていなかったというのもあるが、第一には美月が新人でなくなり、温泉の企画が通るのを待っていたからだ。

仕事熱心なのはもちろん会社としてはいいことだが、美月には足りないものがある。

恋愛経験がないのはいいとして、美月は、女の子の気持ち、というものを知らなすぎるのではないか、と思う。

芹沢にそう言ってみたら、芹沢は黙って苺の香りを渡してきた。

その香りをもとに作ったのが、いま入っている『恋する女の子の気持ち・ふんわり苺ミルクの湯』である。

格馬は軽くため息をつくと、お湯の中に両手を入れ、顔を洗った。ピンク色の泡が混じったお湯は、とてもきれいである。

タオルで手を拭き、専用の棚から、ジッパーつきのビニールを取り出す。

ビニールには、ふたつのスマートフォンが入っている。

ひとつは仕事用、ひとつは私用。

格馬は仕事用のほうを取り出して、アドレス帳を開いた。

美月の私用携帯の番号は知っている。社員情報のひとつである。

しかし、それはあくまで緊急事態のためであって、プライベートな電話をかけることは禁じられている。

——正直、一回だけ、衝動的に、総務部を通じて番号を調べ、私的な電話をかけたことがある。が、相手の砂川ゆいみは派遣社員だったし、かわりに、と言ったらなんだが、入浴剤のモニターの仕事を紹介したので、問題にはならなかった……と思う。

美月が砂川ゆいみのような普通の女の子であったなら、ことはもっと簡単であったかもしれない。

その場合、初対面で、あなたは人間なのか、と問われるような出会いもしなかっただろうが。

薔薇園に行くときの打ち合わせで、仕事の携帯にメールが来たので、返事は私用の携帯で出した。短いやりとりだったが、格馬としてはそれなりに考えたことである。

美月が少しでも察しがよければ、それ以降に何かがあるはずだった。同じ会社の別部署という垣根を越えたことになり、継続してメールのやりとりをしても不自然ではない。

しかし、何もなかった……。

薔薇園には、砂川ゆいみも同行していた。美月が呼んだらしい。

……なぜだ……。

格馬は最近、自分が何を求めているのか、わからなくなっている。

幻の温泉を作りたいのか、美月に自分のことを思い出させたいのか。単に、美月ともっと深く知り合いたいのか。

格馬はこれまで、恋愛の経験がないのである。

「——円城課長」

声がして、格馬は我にかえった。

総務部秘書課の有本《ありもと》マリナである。

マリナにはこの家の仕事スペースの鍵を渡してある。オープンテラスは仕事部屋とつながっているため、入ることができる。

マリナは格馬が風呂を好むことを知っている。風呂の中で書類を読めるように、書類をセットするのもマリナの役目だ。本来は営業部全体の秘書なのだが、格馬の専任に近く、社内でも黙認されている。

プライベートな用事も任せることができる、格馬にとっては重要な女性である。

「——有本さん。私がジェットバスに入っているときは、急ぎの仕事以外は持ってこないように、と言ってあるでしょう」

やや不機嫌な声で、格馬は言った。

「お早めにお知らせしようと思いまして」

マリナはタイトスカートとハイヒールのまま、ジェットバスのかたわらに立った。

ナチュラルストッキングにつつまれた、すんなりとしたまっすぐな足が、濡れた人工芝に映える。明るい室内を背景に、肩までのボブヘアがさらりと揺れた。

「なにかありましたか」

「例の稟議《りんぎ》の件です。決裁が下りたそうです」

ぴくり、と格馬は眉を上げた。

ジェットバスのスイッチを切る。ぼこぼこと泡立っていたお湯が、静かになった。

背中を浴槽から離すと、苺ミルクの湯が、浴槽のかたわらからあふれ出た。

「予算が通った、ということですか？」

「はい。大きなプロジェクトになりますね」

「そうか……。開発室に伝えなくてはならないですね」

「メールを作成してあります。ご確認ください。週明けにメーリングリストで回します。

飯島課長には別にメールを送る必要があると思いますが」

「飯島さんには、ぼくが直接伝えます。有本さんは何もしなくてよろしい」

語気を強めて、格馬は言った。

有本が気をきかせて、開発室に詳細メールを送ってしまわないように。

最近は忙しくて、研究所に足を運んでいない。

格馬はもう一度、空を見上げた。

薔薇の香りはもうしない。ほどよく温まった苺ミルクの香りのほうが、いまの格馬には好もしい。

「――今週末、私の予定はどうなっていましたか?」

格馬はマリナに尋ねた。

マリナは格馬をじっと見つめたあと、手に持った革のファイルを、静かに開きはじめた。


週明けの朝、美月は研究所の一階にあるコーヒーショップ『天天』で、コーヒーを買った。

『天天』では、頼めば自分のマグカップにコーヒーをいれてもらえる。

コーヒーはマスターに頼んで、濃い目にしてもらった。給湯室へ行けばインスタントコーヒーもあるのだが、なんとなく頭をはっきりさせたかったのである。

なんとなく、などという言葉は、本当は使いたくない。

美月はコーヒーの香気を吸い込むように深呼吸しながら、デスクの椅子の背にかけてある緑の作業着に手を通した。

研究所の開発員に制服はない。作業着の下は普段着のパンツと半袖シャツである。足もとはサンダル、髪はうしろでひとつにくくる。開発過程で、浴槽に入る必要がないときの格好である。入るときはこの下が水着、作業着が白衣かバスローブになる。

コーヒーを片手に、あたりさわりのない総務からのメールに目を通しながら、美月は週末のことを思い出した。

飲み会ではなく、その後のスーパー銭湯のことである。

ゆいみに、話しすぎてしまった……。

週末からずっと、美月は反省しているのである。

スーパー銭湯のツインルームは広かった。合皮のソファーにややたわんだベッドがふたつ。バールで少し食べたあと、美月とゆいみはお酒とお菓子を持ち込み、チョコレート色のバスローブに身をつつんで、だらだらとテレビを観ながら話し続けたのである。

ゆいみはおしゃべりなのと同時に、聞き上手でもある。時間無制限で、風呂上がりに飲みながら話す、という、最高の条件になってしまったため、歯止めがかからなかった。

天天コーポレーションが研究・貯蔵している生薬《しょうやく》のことまで話してしまった。ゆいみはわけがわからないようだったが、どこかに漏れたら冷や汗ものである。

こちらは、ゆいみの化粧品の好みに始まり、親友である春菜と仲良くなったきっかけや、学生時代のいざこざまで知ることができた。

ゆいみは元卓球部で、少年マンガと少女小説が好きで、料理は好きだが下手、痩せたいがダイエットは嫌いらしい。ひとりっ子なので親に甘やかされてきたが、離れてみると親のほうが甘えてくるので対等になって、それだけでもひとり暮らししてよかった、と。

しかしその知識が、美月の何の役にたつというのか。

いまになってみると、どうしてあれほど知りたいと思ったのか不思議である。

これがゆいみの言う、裸のつきあい、というやつか。

ホテルつきのスーパー銭湯は要注意だ……。

「――美月さん、ちょっと」

美月がゆっくりとコーヒーを口に運んでいると、飯島課長が、にこにこしながらこちらへ向かってきた。

飯島課長も緑の作業着である。美月の持っているものよりバージョンが古いらしく、胸には名前のかわりに、青い縫い取りで『天天コーポレーション』とある。

「はい。なんでしょうか」

「例の稟議、通りました。入浴剤開発室が出した温泉のプロジェクト。円城さんが推《お》してくれたようです」

美月ははっとして飯島課長の顔を見た。

「かく……円城課長が？」

「はい。期限は一年から二年。計画どおりなら、もっとでしょうね」

飯島課長は、おだやかに言った。

美月はうなずきながら、ちらりと自分のパソコンに目を走らせる。チェックしたメールの中に、その情報はなかったはずである。

「さっき、円城さんが直接、電話で教えてくれたんですよ」

「――そうですか」

「今日中にメールが来ると思いますよ。来週、本社企画部の担当と、総務部秘書課の有本さんが来ます。こちらは私と大城戸君と、調香師《ちょうこうし》の芹沢君を呼びます。その前に一回、打ち合わせをしましょう。会議の日程を詰めたいので、だめな日があったら教えてください」

「円城課長は？」

「来られないようです」

美月は驚いて、飯島課長を見た。

「有本秘書が円城さんの代理です。それ以降、企画部とこちらに移ることになります」

「――でも、この話はもともと」

「わかりますが、彼は研究員ではありません」

飯島課長は、きっぱりと言った。

瞳の中心が、鈍く光っている。

この温泉のプロジェクトについては、美月同様、飯島課長にも強い意欲がある。

全国の主要な温泉を、入浴剤としてできるだけ正確に再現しようという企画なのである。名前は出ないが、企画を出すことをすすめたのは格馬、企画を出したのは美月。そして飯島課長が提出印を捺《お》している。

本格的に温泉をよみがえらせようとしたら、研究所の中だけではできない。手分けして全国の温泉に行く必要がある。

天天コーポレーションの入浴剤開発員は三人。大城戸は別の開発にかかわっているから、どの程度参加できるかどうかわからない。

「これは、『パラダイスバス』の命運がかかっているプロジェクトです。担当はあなたです。心してやりましょう。美月さん」

飯島課長は美月の目を見つめて言った。

濃いコーヒーの香りを強く感じる。

そういえば飯島課長はコーヒー党で、毎日『天天』でコーヒーを買っている。


「うー。うっとうしいなあ、春菜のやつ」

ゆいみは控え室でスマホを開き、思わずつぶやいた。

いつものように制服に着替え、化粧を直し、これから受付に入ろうとするところである。

開いているのは、友人たちのグループメッセージ。春菜からのものである。

先週末の飲み会について、あれこれとレポートしたあと、さりげなく、高志君の新しい携帯番号、ゆいみに教えといてって言われてたから、メールしとくね、とある。

「また高志君？」

由香《ゆか》が尋ねた。

由香は例によってデスクで、鏡を見ながらマスカラを塗り重ねている。

「そうですよ。高志のアドレス、春菜が送ってきた。いらないって言ってるのに。あたしが、どんな思いで番号消したと思ってるんだろ。きっと、あたしの新しい番号も高志に教えちゃってるんだろうなあ」

「ゆいみの番号のほうは、教えてないかもしれないわよ？」

鏡に向かって目をぱしぱしさせながら、由香は言った。

「結局、高志君とゆいみ、会えなかったんでしょ。高志君ががっかりして、俺のアドゆいみに教えておいて、メール待ってるから、とかなんとか言ったのよ。だから、いちおう送ってきただけなんじゃないの。そもそも最初は、高志君のアドレス、春菜ちゃんが無理やり聞き出したんだろうしね」

「無理やり聞き出すシチュエーションがわかんないんですけどー」

「そりゃ簡単よ。彼の会社に、砂川ですって言って電話かけて、彼が出たとこで誘うわけよ。嘘ついちゃってごめんね、今度ゆいみと飲みに行くんだけど来ませんか？ ゆいみも会いたがってるし、とかなんとか。で、彼のアドレスゲットね」

ゆいみは髪をまとめていた手をとめ、まじまじと、由香の横顔を見つめた。

「それってかなり……いや、そこまでしますかね？」

「する人はするわよ。あたしは、春菜ちゃん、高志君のことがかなり気になってると思うな」

「でも、春菜って面食いなんですよ。けっこうかわいいし、この間の飲み会だって、同僚の男子連れて来てたし。高志は、言っちゃ悪いけどデ……いや、パンダみたいな人で。女子大時代に笑われてましたよ、あたし」

「面食いは十代で卒業よ」

「だったら、あたしを間にはさまないで、直接、告白すればいいじゃないですか」

「プライドがあるでしょ」

由香は笑った。

「そういう画策する子、澤田《さわだ》君の同僚にいたわよ。あれこれ理由つけて誘ってるんだけど、澤田君は鈍いから気づかないの。鈍くない男なんていないいけどね」

澤田、というのは由香の婚約者で、化粧品部門の研究者である。

由香のほうが年上だが、結婚には澤田のほうが積極的で、もう婚約指輪の発注もしているらしい。

「そういうとき、由香さんはどうするの？」

「澤田君が報告してくれるうちは放っておく。自分に害がなければいいわ。あたし、自分勝手な女だもん」

由香は結婚が決まっているだけあって余裕である。

しかし、ゆいみはそういうわけにはいかない。

「そうかー。でもこれ、あたしに害がありますよ。面倒じゃないですか。画策女、最低です」

「あらー。ゆいみ、これまでの人生で画策したことまったくない、とは言わせないわよ」

由香はマスカラを塗り終わり、髪にブラシをあてている。

結婚式へ向けて伸ばしているらしく、こまめにブラシを入れないと、肩にあたる部分がすぐにはねてしまうらしい。

ゆいみは空に目を泳がせた。

パン屋でバイトをしていたとき、高志のシフトとあわせて、わざと早朝にバイトを入れていたのは本当である。眠かったが頑張った。バイト後に一緒にお茶をするために、本当は紅茶党だがコーヒー好きのふりをした。

もちろん高志は気づいていなかった……と、思う。鈍いから。

「ま、まあ……。少しくらいなら、あるけど」

「だったらいいじゃない。そもそもゆいみ、高志君のこと、まだちょっと好きなんでしょ。それだけ避けてるのって、ほだされたくないからよね」

「由香さんっ！」

ゆいみは今度は、真顔になって叫んだ。

由香は少女のような笑顔のまま鏡に向き直り、ちょっと時間あるなー、もう一回髪巻こうかなー、などとつぶやいている。

ゆいみは唇を噛《か》んで、先に控え室を出た。

怒る、というより、落ち込んでいる。

準備をしていると、こつり、という音とともに、影がさした。

ゆいみは顔をあげた。

ゆいみの目の前には、ワインレッドのショルダーバッグを肩にかけた、長身で細身の女性が立っていた。


「砂川ゆいみさん、いらっしゃいます？」

ゆいみは反射的に、時計を見た。

八時五十五分。まだ玄関は開いていない。コーヒーショップ『天天』から、コーヒーの香りがかすかに漂ってくる。

研究所では名目上はフレックスタイム制を採用しているが、従業員の大半は八時ごろに来る。

研究所の中から来た、ということは、この女性は天天コーポレーションの社員。

しかし、開発員ではない。開発の手伝いをするアルバイトの女性でもない。彼女たちはタイトスカートなどはまずはかない。

「はい……わたし、ですけど」

ゆいみはやや警戒しながら答えた。

制服の胸にはフルネームが書かれたネームプレートがある。名前をわざわざ訊く必要はないはずである。

女性は、美人だった。目もとを囲むブラウンのアイライン。くるみ色のボブヘアはつやつやで、内巻きにブローしてあり、風が吹いても崩れなさそうだ。

「総務部秘書課の有本マリナです。現在、円城課長の専任秘書をしています」

マリナは黒いジャケットのポケットから、社員証を出した。

カウンターの上に、すっと細い指がのびる。

ネイルはスクエア、ベージュと金茶色のハーフである。右手に金色の細い指輪をしている。

「は……」

これまで対応したことがあったかどうか、ゆいみは社員証を見ながら考える。

「やだ、緊張しないで」

マリナはくすっと笑った。

「砂川さんのことは円城課長から聞いています。入浴剤が好きで、入浴剤開発室のお手伝いをしていただいているんですってね。ありがとうございます。課長のことはご存知ですね」

「あっ、は、はい。すみません」

ゆいみはなぜか謝った。

そういえば一回か二回、格馬が秘書と一緒に入ってきたことがあった、と思い当たる。格馬とは美月を通じて親しいので、ほかの人たちのように、一生懸命顔を覚えようとしなかった。

格馬さんにあたし、まずいことを言ったかしら。

ゆいみの頭の中で、格馬に関する記憶がぐるぐるまわる。

美月と一緒になって、悪口を言っていたのがばれたのかしら……。

いや、それどころかあたし、どなりつけたことがあったよ。こっちに来たばかりのとき。あのときはほんと、慣れてなくて。

美月とのデートのお邪魔したこと、案外、根に持ってたりして。

ゆいみの心配をよそに、マリナはバッグから、白い封筒を取り出した。

「砂川さんにお願いがあるんですが、きいていただけないかしら。お仕事ではなくて、個人的なお願いです」

「はい……。なんでしょうか」

「今週末、温泉旅館に行ってくださる人を探しているんです。温泉はお好きじゃありませんか？」

「温泉？」

ゆいみは、目をぱちくりさせた。

マリナは白い封筒から、Ａ４にプリントアウトされた紙を取り出し、ゆいみに渡した。

ゆいみは紙に目を移す。

紙は、旅行の予約票だった。有名な旅行会社の名前とともに、『天指峠温泉　鈴《すず》むら温泉旅館』という文字が見える。

天指峠温泉といえば、あまり大きくはないが、北関東の温泉地のひとつである。

「それは、好きです、けど……？」

「今週末、明日からの予定は？」

マリナはてきぱきとした口調で尋ねてきた。

話し終わるたびに口角がはっきりとあがる。帰国子女か、外資系企業勤めの女性のようである。少し開いたバッグの中に、高そうなペンを挿した、赤い手帳が見える。

……ザ・秘書、って感じ。

きっとこの人、サニちゃんのボールペンを使うことなんてないのに違いない。

胸がザワザワした。ゆいみは人見知りをしないたちだが、こういう女性を前にすると変な気持ちになる。

「えーと、ないです……かな？」

「よかった」

女性は笑って、予約票を封筒にしまい、カウンターの上に置いた。

「お客さまからご招待いただいたのだけど、予定の人が急に行けなくなってしまったのです。キャンセルをするのもご迷惑だし、温泉が好きな方を探していたの。お友だちと楽しんでいただけたらありがたいわ。費用の心配は要りません。報告も要りません。この紙をフロントで渡してくださいな」

濃いめのローズピンクの唇の下に、白く輝く歯がのぞく。なめらかな口調は歌うようだ。ついつい引き込まれてしまう話し方である。

うしろのドアが、かちゃり、と開いた。

由香である。

ゆいみは機械的に時計を見る。

八時五十九分。由香が遅れるわけがない。

グイーン、と音がして、玄関の自動ドアが解除される。

マリナがぎょっとしたように目を逸らし、急に早口になった。

「じゃあ、わたしは仕事があるから行きます。明日からの一泊です。よろしくね」

「あ、あの、でもあたし」

派遣ですし。

予定はないけど、クリーニング取りに行ったり、一週間分の掃除と洗濯と買い出ししたりしなきゃならないし。ネイルもそろそろはげかけてるし。スーパー銭湯にも行きたいし。

そもそも、なんであたしに——とゆいみが言うまえに、マリナはバッグを肩にかけなおし、顔をそむけるようにして、きびすを返そうとする。

「秘書課の有本さんですね。こんにちは」

その背中に向かって、由香が声をかける。

受付らしい透明な声だった。由香はマリナとカウンターをはさんで向かい合い、背筋をのばして立っている。

「澤田からお話をうかがっております。お世話になっています」

由香は水色のタイトスカートの前に手を置き、軽く頭を下げた。

マリナの横顔が、ぴくり、とひきつった。

ゆっくりと、ふりかえる。

「――ああ、そういえば、ハヤトが受付の子と婚約したって聞きました。あなただったんですね。おめでとうございます」

「ありがとうございます」

由香は、にっこりと笑った。

マリナはふいと顔をそむけ、早足で玄関に向かっていく。

……ハヤト、って……。

ゆいみは受付の手もとにある、開発員の名簿をさりげなく見る。

化粧品開発室、澤田隼人《はやと》。

画策女……？

頭の中に言葉が浮かぶ。

由香はいつもの受付の顔に戻り、ていねいにショーケースの中の製品を拭いている。

ゆいみははっと我に返り、カウンターの上の封筒に目をやった。

美月は自宅のマンションへ向かって歩いていた。

真っ暗である。今日は珍しく、残業した。

温泉プロジェクトの細部を詰めるにあたり、飯島課長と言い争いになったのである。

美月は温泉の知名度には興味はない。全国の温泉を家庭で！　というからには、観光地になっている温泉よりもむしろ、山奥の無名の温泉を中心にしたシリーズにするべき、という考えである。

飯島課長は、人気のある温泉をすべておさえ、温泉協会から推薦をもらいたいと思っている。必然的に、温泉協会のないような小さな源泉は漏れるし、泉質よりも知名度が優先されることになる。

硫黄《いおう》泉の問題もある。硫黄は独特の匂いがあり、浴槽を傷《いた》める可能性もある。しかし、硫黄なしで硫黄泉は作れない。

調香師の芹沢に、硫黄の香りを作れるかと尋ねたら、作れるがすすめない、と言われてしまった。美しくないから、と。芹沢は泉質とは別に、それぞれの温泉の雰囲気を香りで作りたいらしい。

美月は偽物は作りたくない。

いや、入浴剤はもちろん本物ではないのだが、限りなく本物に近いものを作りたい。

しかし製品である以上、売れなくてはならないわけで、悩ましいところである。飯島課長は頭の固い人間ではなく、美月も飯島課長の意見がわかるだけに、決断できない。ひとまずその件は保留になった。

飯島課長は美月のように根っからの温泉好きというわけではないので、あちこちに入ってみれば意見が変わるかもしれない。美月も、観光地としての温泉の楽しみ方を知らなすぎるのかもしれない。

浴衣着てキャーキャーして、おいしいもの食べる、だっけ……。

美月は夜風に髪をなびかせながら、考える。

自分の手で温泉の入浴剤を作り上げることは、美月の夢である。失敗したくない。

マンションが見えてきたとき、エントランスの手前に、大型のランドクルーザーが停まっているのに気づいた。

色は濃い緑。美月は思わず見とれた。欲しいと思っていた車なのである。この車ならバイクも自転車も積めるし、山奥にも行ける。

「――美月」

声をかけられるまで、運転席にいるのが格馬だということに気づかなかった。

格馬に会うのはひさしぶりである。一対一で口をきくのは、薔薇園以来かもしれない。

格馬が美月のマンションに来たのははじめてである。

「格馬？　何やってるの」

美月は驚いて、言った。

「乗れ」

格馬はランドクルーザーの窓から顔を出し、ぶっきらぼうに言った。

美月は格馬を見つめた。

格馬はスーツではない。エントランスのライトに照らされて、まくりあげた紺のシャツから出た腕がたくましく盛り上がっている。

「どうして？」

「今日しか空いている日がないんだ。来週、企画会議だろう。それまでに、連れて行きたいところがある」

温泉に行くんだ、とわかった。車を見て、すぐそう思った。

今日は金曜日。来週には会議がある。

その会議に、格馬は出席しない。

「待ってて」

美月は言い置いて、エントランスの中に入った。

どこに行くのかは知らないが、温泉に入るなら、それなりの準備がいる。

ちゃぽん……。

ゆいみは自宅のバスタブで、ビニールにつつまれたスマホをけわしい顔で見ていた。

美月に何度か、メールを投げかけているのだが、返事がない。

美月は理系のくせに、携帯やスマホのツールに興味がない。電話とメールだけが連絡手段だ。携帯のチェックもあまりしないらしい。

仕事中は仕方ないとして、夕方には返事が来ると思っていたのだが。

……ペア招待って、ひとりでも入れるもんなのかしら。

ゆいみはスマホの画面を閉じると、新しいシートパックの袋を開け、顔にはりつけた。

うるおい天国の新作で、翌日の化粧のノリが違う、と由香が絶賛していたものだ。

マリナからもらった宿泊の予約票には、二名様、としっかりと書いてあった。

マリナの雰囲気に圧倒されていたとはいえ、高級そうな旅館の名前を見て、えっタダで行けるのラッキー、と思ってしまったあたり、浅ましいのは自分である。

もちろん、一緒に行く相手として頭に浮かんだのは美月だ。

「ゆいみは脇が甘いなあ。温泉の無料招待なんて、あたしなら受けないわよ」

予約票を眺め、由香はしみじみと言ったものだ。

「キャンセルになるより、行ってもらったらありがたいって言ってたけど……」

「たとえそのとおりでも、面倒じゃない」

受付を閉め、着替えているところだった。由香は仕事用とは別の、きらきら光るピアスを耳につけている。

真珠と金の可憐なピアスと、クリーム色のワンピースが似合うなんて、華奢《きゃしゃ》な女は得である。由香は黒い服は着ない。

「か、返したほうがいいのかな？　もらったらやばいのかな？」

「やばくはないでしょ。ちゃんとした旅行会社の予約だもの。行けば？　せっかくもらったんだから。写真くらいはとっておいたほうがいいかもね。おみやげ忘れずに。えーと、総務部って全部で何人だったかなー」

「あの……。由香さん、一緒に行って……」

「ごめんねー。あたし、今週末は結婚式の打ち合わせがあるの」

由香は全身を鏡でチェックすると、機械に従業員カードをかざし、幸せスマイルをふりまきながら去っていった。

ゆいみはシートパックを顔にはりつけたまま、バスタブに背中をよりかからせる。

予約は明日。急だ。

行かないなら旅館にキャンセルの電話を入れなくてはならない。

いったん受け取っておいて、あとから断ったって知ったら、有本さん、ムカつくだろうなあ。

ただでさえあたし、格馬さんから目をつけられてるっぽいのに。

そもそも天指峠温泉は、近郊とはいえ交通の便が悪いから、車でないと行けない。

母親に電話してみたら、その日は夫婦で歌舞伎《かぶき》を観に行くという。ゆいみの両親は、ゆいみがひとり暮らしを始めたとたん羽をのばして、夫婦ふたりのラブラブ生活を満喫している。

春菜や亜佐美はなんとなく誘いたくない。男友だちを誘うわけにもいかない。

電車を乗り継ぎ、バスかタクシーで行くという手段もあるが、ひとりでそれをやる、と思うだけでどっと疲れてしまう。温泉へ行く意味がない。

「うう、あたしってバカ……」

ゆいみが頭をかかえていると、スマホが鳴った。

美月からのメールである。やっと来た。

ゆいみはビニールにつつまれたスマホにとびついた。

今週末ダメ

美月のメールはそっけないが、怒っているわけではない。いつものことである。

どこか行くの？
温泉の無料招待もらったんだけど、一緒に行かない？
けっこういい感じだよ♪

ゆいみは必死になって明るいメールを送った。
返事はすぐに来た。

いま、格馬の車で温泉向かってる

…………。

ゆいみはシートパックの下で、眉をひそめた。

温泉？

もしかして、天指峠温泉？

ゆいみは反射的に、メールを打った。


そう。


もしかして、ふたりで？

あたしが行こうと思ってるのも、そこなんだけど！

これって偶然？

じりじりしながら待っていたが、返事はなかった。

ゆいみはタオルで手を吹くと、ビニールからスマホを取り出し、注意深く美月の番号の発信ボタンを押した。

通じなかった。

電波が届いていない。

美月が格馬さんと、一緒に、ていうか、ふたりきりで、温泉……？

ゆいみはスマホをビニールにしまった。

風呂のふたの上に置き、じっと考える。

有本マリナ@《アット》ザ・秘書。澤田さんの同期の画策女。

由香さんによれば、総務課だったのが、最近になって格馬さんの秘書に抜擢《ばってき》されたらしい。それ以来、澤田さんに無関心になったらしい。

マリナさん、なんであたしに、天指峠温泉行け、なんて言ったんだろ。

人の恋路を邪魔したり、人のもの、とったりするのが好きな女なのかしら。

あたしは、美月と格馬さんの間を邪魔することにかけては実績がある。……ぜんぜん自慢にならない実績ですが。

いやー、まさかなー。あんなきれいな人が。

ゆいみはお湯の中で腕を組む。

美月は顔も頭も性格もいいけど、彼氏の作り方を知らない子だよ。あの人の敵にはならないでしょう。

いや、それを言ったら由香さんだって。美人だけど派遣ですよ。

だからこそ、だったりして。

プライドがあるもんなあ。プライド高すぎると、告白もできない。

格馬さんが美月のこと好きならなおさら。格馬さんて、あれで一途っぽいし。

温泉で、美月が格馬さんとふたりきり……。

うむ……。

ゆいみはしばらくスマホを見つめる。

もう一度、美月にかけてみたが、やはり返事はなかった。つながらない場所に行ってしまっているらしい。

……車を出してくれる人の心当たりは、いなくもない。もうひとり。

ゆいみは、さっきから頭の中にちらちらしていた、もうひとつの顔を思い浮かべた。

いや、無理でしょ。来ないよ普通。

ゆいみは頭の中で、自分の考えを打ち消す。

彼、忙しいよ。

基本的にインドアで、時間があったら外に出るより、家にいたい男よ。

第一、温泉大嫌いだし。

貴重な週末を、元彼女の温泉行きに費やすはずがない。

高志とは別れるまえに一回、やり直そうということになって、ふたりで温泉に行ったのだが、それだってゆいみが提案して、彼のほうはしぶしぶだった。

おまけにその温泉で、一回もお風呂に入らなかった。

内風呂だって、混浴風呂だってあったのに。

最初で最後かもしれないと思ったから、ガイドブックで調べて、奮発していちばんいい部屋にした。それを、無視した。

ゆいみはそのことに傷ついた。自分でも、これほど傷つくとは思わなかった。

高志は優しかったけれど、ゆいみのために、ついに一回も我慢してくれることはなかった。

わがままなのはどっちなのか、なんてどうでもいい。

別れ際に、もう無理、とはっきり言った。それから、会いたいとか謝りたいとか友だち経由で聞いても、絶対に会わなかった。去年の十二月以来、連絡もしていない。

ボーナスをもらって会社を辞めて、引っ越しもして……。

いまさら誘うとか。それで来るとか、ありうると思う?

いやー、ないない。うぬぼれすぎ。あたし、それほど魅力ないって。

だったら――。

ゆいみは顔のパックをひきはがした。

タオルで手を拭く。もう一度、注意深くスマホに手をのばす。

春菜のメールから、高志のアドレスをたどる。

誘うだけ誘ってみても、いいか……な……？


「ゆいみー。おすー」

高志はあたりまえのように、さくらら駅に迎えにきた。

車も変わっていない。つきあっていたときと同じ、赤の軽自動車である。高志は体が大きいので、座席をめいっぱい下げている。

「ひさしぶり。変わってないね」

「そっちも」

ゆいみも、つとめてあたりまえの態度で車に乗った。

こんなもんか。

内心拍子抜けしているが、真面目に何か言われても困るので、ほっとしてもいる。

高志は細かいことを気にしない。怒ったり機嫌を悪くしたりすることもあるが、すぐに直ってあとをひかない。

この人のこういうところが好きだったんだ、と、ゆいみはあらためて思い出した。

車はすぐに発進し、高速へ向かって走り出している。

高志は運転しながら、鼻をぐずぐずいわせている。

「高志、風邪？」

ゆいみは尋ねた。

高志は赤いパーカーを着ていた。後部座席には黒いナイロンのバッグが放り投げられている。助手席から運転席の彼を見ていると、大学生に戻ったようだ。

「そう。最近仕事がハードで。気にしないでいいよ」

「ごめん、急に呼び出しちゃって。会社から無料招待もらったんだけど、一緒に行く人がいなくてさ。高志が暇でよかった」

「暇なわけないだろ。やることあったけどこっち優先した」

高志は言った。

「パン焼く予定？」

ゆいみは尋ねた。

高志はパンを焼くのが趣味である。長いつきあいの悲しさ、少しの単語で言葉の意味がわかってしまう。

「そう。腕あがったよ。最近、小麦のよしあしがわかってきた」

「忙しいなら、断ってくれてよかったのに」

「忙しくても来るよ。たとえ仕事があっても、仮病使うレベル」

「行く先、温泉だけど？」

「問題ない。地獄の風呂釜《がま》であっても行く。俺、ゆいみからメールもらって、めちゃめちゃ嬉しかった。即行、保存した。飲み会、行きたくなかったけど行ってよかった」

そのわりには、メールの返信は、了解、の一言でしたけど──。

もしかして、残業中だったのかな……。

ぎゅっと胸がしめつけられた。

風邪気味の会社員が、好きな趣味を放って、別れた彼女のために、嫌いな温泉地まで車を走らせてくれるものなのか。

ゆいみにとりたてた何かがあるわけではない。無料の温泉にはつられるし、元彼の気持ちを利用して車を出してもらうような、ずるい女である。

「あのさ……。春菜から何か、言われなかった？」

「パン持ってきたよ。俺が焼いたやつ。うしろにあるから食べて。急だったから、ゆいみの好きな梅あんパンはないけど」

高志は、淡々と言った。

「うん……」

ゆいみは後部座席に手をのばし、紙袋につつまれたパンを取り出した。

休日に、ふたりではしゃぎながら生地を練ったことを思い出す。

「高志……、あたしのこと、本当に好きなんだね」

手作りのパンをもそもそと食べながら、ゆいみはつぶやいた。

「うん。自分でも、なんでかわからないんだけど。好きなんだよ。ゆいみのことが。別れてから、すごく苦しくてさ」

高志は、あっさりと答えた。

ゆいみは高志に目をやった。変わっていないと思ったが、痩せたらしい。助手席から見た頬とあごの線が、少し鋭くなっている。ラグビーをしていたせいか筋肉質で、もともと骨格ががっちりしているのである。

「そっか……」

「知らね」

「でも、お風呂を好きになってくれないんだよね、高志は」

「ゆいみだって、俺がパン焼いてばっかりだって怒ってただろ。最初は、パンを焼く俺が好きだとか言ってたくせに」

「それはバイトしているときでしょ。専用のオーブン買うほど好きだとは思わなかったんだもん。毎日家で焼く意味とか、よくわかんないし」

「毎日じゃないじゃん。俺にしたらそっちこそ、毎日、お湯につかる意味がわからん」

「みんな入ってるよ。おかしいのはそっちなの」

「いや一時間は入らないね」

「だからって、怒ることないじゃない」

「あれは鍋を火にかけたあとだったからだろ。あのときのトマト鍋の味、俺、一生忘れないよ」

「しつこいなあ。それはちゃんと謝ったじゃん」

「わかってるよ。だからさ、俺だって反省したんだって。お互いさまってことで、痛みわけにしない？」

　ゆいみは黙りこんだ。

　美月の情熱とは違うが、風呂はゆいみの譲れない趣味、明日を生きる活力である。

コーヒーは頑張って好きになれたし、失敗作の手作りパンも、休日ごとのパン屋めぐりも、受けいれてしまえば楽しかった。

でも、自分の好きなものはあきらめられない。

「俺、大切にするよ、もっと。ずっと」

どこか切羽《せっぱ》詰まったような、これまでにない真剣な声で、高志は言った。

高速道路に入っていた。ゆいみは無言で前を向いた。

道の左右には、緑が広がっている。

高志が窓を開けた。どこからか温泉の匂いが漂ってくる。


美月は、山道を登っていた。

ふもとからはけわしそうに見えたが、登ってみるとそうでもなかった。狭いが人が通るために作られた道で、片側にはロープが張ってある。

最初の分かれ道の看板には、右に、『天指桃源温泉』と書いてあった。

天を指す、桃源の温泉。

看板といっても、地元の人がとりつけたらしい板に、油性ペンで書いたものである。

美月が大学のときに登ったのは、別の道だった。バイクで林道を行き、途中からバイクを置いてひとりで登った。学生の身では、当然ながら高級温泉旅館には泊まれない。

今回はこの近くの温泉地である天指峠温泉が宿泊先だったので、そこからいちばん近くのルートを使うことができた。格馬が前に使った道である。

ゆうべは格馬のランドクルーザーに乗り、深夜に天指峠の温泉旅館、『鈴むら』に着いた。

美月にとっては行ったこともない高級温泉旅館である。

部屋は、居間と寝室がふたつに分かれているスイートだった。

美月が大浴場に行って、部屋に戻ったとき格馬はいなかった。美月は待たずに眠った。

格馬はベッドから布団をはがし、居間のソファーに寝たらしい。朝まで顔を合わせることはなかった。朝うとうとしてたら格馬が浴場へ行ったらしかったので、その間に美月も浴場へ行き、身支度を終わらせ、格馬が戻ってきてから朝食に行った。

格馬はずっと無口だった。今もである。

こんなものか、と思う。

急いでいたから、バッグの中には思いつくものをすべて入れてきた。

よくわからないがスカートと、ローズピンクの口紅まで持ってきたというのに、使いどころがない。

ガラッパは、安心だ。

おばあちゃんの言っていたとおりだった。

しかし、それでいいのか。よかったのか。おばあちゃんに尋ねてみたくなる。

朝食のあと、示し合わせたように山登りの支度をした。

リュックサックを背負い、靴を履き、襟《えり》のあるしっかりとした上着を着る。

美月は、下着のかわりに水着を着ている。山奥の温泉に入るときの鉄則である。ほかの男性がいるときは入浴をあきらめなくてはならないので、ジーンズを避けて伸びのいいストレッチパンツにする。もしも入れないときは、裾をまくりあげて足湯に切り替えるためである。

夏とはいえ登るにつれ空気が冷たくなってきていた。

「大丈夫か。休むか?」

前を行く格馬が、ふりかえって尋ねた。

「平気よ」

美月は答えた。

美月も格馬も、しっかりしたワークブーツを履き、リュックを背負っている。格馬はジャケットを脱ぎ、腰に巻いている。

「今度の温泉のプロジェクトに、格馬は入らないのね」

曲がりくねった急な道を過ぎると、少し楽になった。

あたりにはぼんやりと、もやがかかりはじめている。木の間から、ちらちらと陽が差し込んでくる。

「最初からそのつもりだった。俺は営業部長になるから、今後、開発にかかわることはない」

格馬の額から、うっすらと汗がにじんでいる。まくりあげたシャツから、筋肉質の腕がのぞいている。

「出世するってこと?」

美月は言った。

「そうだ」

「おめでとう。念願だったんじゃないの」

「そうだ。敷かれたレールとはいえ」

「敷かれたレールでも、能力がなければ走れないでしょう」

「だろうな。今度の温泉の企画が成功したら、入浴剤の部門を大きくできる」

「これからは敬語を使ったほうがいい？」

格馬は、少し黙った。

「――だめだ」

格馬は、うつむいた。

「会社は関係なく、知り会いたかったんだ、本当は」

「知り会ったじゃないの。最初からここで」

「すぐにいなくなった。――あのとき、どうして消えた？」

格馬は、つぶやくように言った。

美月は格馬の横顔を見た。

消えた、というのは、美月が温泉からあがったことである、と、思いつくまで数秒かかった。

「アラームが鳴ったからよ。脱いだときにかけといたの。わたし、ああいうところで温泉に入るのって五分以内って決めてるから」

「アラーム？」

「かけない？　湯あたりしたら怖いじゃない」

「かけない。――では、あなたは人間なの、ってきいたのは？」

「それは――」

「あんなことを言われたら、驚くに決まっている」

あれは、彼が、ガラッパだと思ったからである。

勾配《こうばい》がゆるやかになり、まっすぐの道が、急に開けた。

つきあたりには、温泉がある。

天然の岩場の中に、こんこんと湧き出る川湯である。周囲にある岩はすっかり苔むして、緑色のお湯の道になっている。夏だからか、湯けむりはたっていなかった。

美月は、ここで格馬と会ったときのことを思い出した。

お湯の向こうから、ゆっくりと人影が近づいてくる。

頭の上に、平たいお皿。背中に背負った緑の甲羅。

湯けむりの中に浮かぶ、長い手足。

彼は黙って、美月を見つめていた。

――わたしは、あなたに会いたかった――。

幻かと思った。この日を夢見ていたのだと思った。

わたしは、この人に恋をしている。

「あなたは人間よね？」

美月は、言った。

「そうだ。そっちは？」

がっかりした。

ほどなくもやが晴れていき、明るくなると、彼が背負っていたのは緑色のリュックであり、皿に見えたのは、頭に載せた、手ぬぐいに巻いた貴重品であることがわかった。

裸なのはあたりまえだった。正確には、腰にタオルを巻いていた。

……よく考えてみれば、山奥の温泉に入るときは、みな似たような格好をしている……。

美月はがっかりした。同時に、ほっとした。

「あいにく、人間だわ」

美月は言い、バスローブをとって、お湯に足を入れた。

バスローブの下は、当然水着である。

「なぜここに？」

彼は少し、うろたえているようだった。タオルを巻いたままあとから入ってくると、となりに並ぶ。

「温泉が好きなの。就職活動が始まったら、しばらく行けなくなるでしょう」

美月は言った。

さしせまった就職活動は美月にとって——もちろん美月だけではないだろうが——プレッシャーであり、誰かに吐き出したくなっていた。

もともと、自分のことを他人に簡単に打ち明けられる性格ではない。同学年の女性はふたりとも研究を続けるので就職活動には興味がない。

「入浴剤を作りたいの、わたし。大学で、温泉研究会に入ってるのよ」

「入浴剤……。どこの入浴剤が好きだ？」

「『ヘルスアロマバス』かな。あそこは温泉シリーズがあるでしょう」

「——大きすぎるところは、自由にやれないと思うが……」

格馬の額に、汗がにじんでいた。

それなら！　と彼が何かを言い出そうとしたとき、ピピピピピ……と、アラームの音がした。

「時間だわ。もう終わり」

美月は急いでお湯から出た。

熱めの温泉だった。冬だったが、体の芯が温まっていた。

バスローブを拾い上げ、岩の間に隠してあった着替えをすばやく身につけて、美月は山を下った。

妙な出会いだと思った。最初にガラッパだと思ったのも、彼が、美月があらわれたことをすぐにうけとめて、ごく自然に会話を交わしていたのも。

自己紹介をする暇もなく、服装もわからず、相手を知る手がかりも何もなかった。

それから大学の研究室に、天天コーポレーションからの企業案内が届き、美月はいくつかある候補の中から入社試験を受け――。

次に格馬に会ったのが、入社試験の最終面接ということになる。

美月は、温泉を作るのがわたしの夢です、と言った。

内定が出て、入社した。美月は、天天コーポレーションの社員となり、入浴剤開発室に配属された。


ゆるゆると、お湯が流れていく音がする。

美月の好きな音だ。岩肌にお湯があたり、滑っていく。

格馬は大きな岩に手をかけながら、岩肌を見つめた。

岩の陰に、狭く黒い穴が開いている。お湯はそこから流れてくる。うっすらと湯けむりがたっている。

格馬と美月は、お湯の流れのもとをたどっていくようにして、ゆっくりと歩いた。

「いきなり目の前に白いものがあらわれて、おまえは人間かと尋ねてきたんだ。驚くに決まっている。平静でいられるほうがおかしい。俺はてっきり、さえちゃんかと……つまり、昔の知り合いかと思った」

「亡くなった人？」

「いや。ただの思い出だ。過去の幻かと」

美月は、思わず笑った。

自分と同じように、格馬も幻を見たのだ。

美月は岩に手をかけながら歩く。いくつかの岩を越えれば、ぽっかりと空いた場所に温泉が広がっているはずである。

「わたしも驚いたのよ。もやの中から急に、ガラッパがあらわれた」

「ガラッパ？」

格馬はかすかに眉をひそめて、美月を見た。

「——それは……ジワジワきた、ということか？」

「……どういう意味？」

美月と格馬は、見つめあった。

美月のほうから目を逸らし、格馬の横をすり抜ける。

格馬はあわてたようにうしろからついてきた。

岩の先に、小屋があるのが見えた。

温泉のすぐ横だ。四年前にはなかったものである。着替えたり、貴重品を置いたりするのに使うのだろう。天指桃源温泉は、少しの間に有名になりつつある。

「あとは入りながら話しましょ、格馬。今日は五分以内じゃなくていいから」

美月は小屋へ向かって歩き出した。

「こ……混浴だぞ」

「なに言ってるの、今さら。わたしは最初から水着を着てるわよ」

美月は言った。

研究所ではカーテンごしにとはいえ、となりあって何度も入っている。

「ああそうか……。いや、俺は水着を持ってきてないぞ」

「タオルでいいでしょ。着替えるのは別でいけるみたいよ。こんな小屋、昔はなかったわよね」

美月は言った。

着替えるのが別でよかったと思う。水着はいいが、あがるときに着替えるのが恥ずかしい。

そのまま小屋に入り、リュックサックを下ろしたところで、

「待て！」

美月を追って、格馬が小屋に入ってきた。

そのまま、美月の腕をつかむ。

小屋の中は薄暗かった。あかりとりの窓から入ってくる自然光だけだ。

「――なによ、格馬」

「ガラッパでも幻でもなんでもいい。俺は、あのときから。おまえを、ここで見たときから」

格馬の目は真剣である。

美月は格馬を見つめる。

「――好きだった」

格馬は、言った。

――ガラッパ。

美月は、心の中でつぶやく。
わたしのガラッパ。……たぶん。いや、きっとそう。
薔薇の香りのする何かを、つけてくればよかった——。
格馬は美月を壁に押しつける。美月は抵抗しない。
どこで教えてもらったわけでもないけれど、これが正解。
温泉の香りにつつまれて、わたしは恋する。ピンクのハートは飛ばないけれど。
答えはない。ただ、ガバッと来る。
わたしも好き。格馬。
そのとき——。
「——だから、お邪魔したらダメだってば！　高志！」
聞きなれた声がした——と同時に、
ざっぱーん！
激しい水音がした。
格馬がふりかえる。
美月は格馬の横をすり抜けて、小屋の扉から外に出た。
小屋の外では、男もののトレーナーを着たゆいみが、盛大な水しぶきをあげて落ちていくところだった。

途中から、高志の車はやけにスピードが速かった。

おかげで午前中に天指峠温泉に到着することができたのはありがたいものの、ゆいみは少し居心地が悪い。本来、高志はのんびりした性格なのである。

態度はそれほど変わらないように見えるのだが、つきあっているときよりも優しい。ゆいみに気をつかっているようである。ゆいみが冗談混じりに話した旅行のなりゆきも、仕事のことも、うんうんとあいづちを打ちながら聞いている。

これはこれで、罪悪感というか……。

もしかして今日、温泉入ろうって言ったら、一緒に入ってくれるのかしら。

……いや、それはいかんだろ。うん。それは、いろいろとダメですよ。

夢だったんだけどさ……。

「鏡さんと彼氏の円城さん、出かけたらしいよ。天指桃源温泉だって。ここから車で行って、山道歩くらしい」

高級旅館『鈴むら』のロビーには、足湯がしつらえてあった。足湯につかりながらゆいみがぐずぐずと考えていると、フロントから帰ってきた高志がてきぱきと告げた。

「彼氏じゃないよ。仕事だよ。たまたま一緒に行くような雰囲気だったもん」

「でもゆうべ、同じ部屋に泊まったらしいよ」

ゆいみは思わず、噴き出しそうになる。

「いやっ、でも、美月はそんな！　格馬さんの片想いで、まだつきあってもないんだから！」

「じゃあ、俺と同じってことか」

「高志は違うでしょ」

「違うの？」

なんとなし、高志の顔がにやけているのにむっとした。

ゆいみは足湯から足を抜き、ズボンの裾をおろしはじめる。

ロビーに足湯があるときいて、ついつい足をつけてしまったが、のんびりするために来たわけではないのだった。

「天指桃源温泉、行く？　ゆいみ」

「行く……。いや、行ったらダメ？　有本さんの画策に乗っかることになる？」

「画策ってのは錯覚だろ。考えすぎ。でもつきあってないなら、普通に美月さん危ないんじゃない？」

「それもそうか！　そうだよね」

ゆいみはスニーカーに足をつっこみながら言った。

高志は苦笑した。

「まあチェックインまでまだあるし、向かってみましょ。歩けなければ引き返す。ふたりがいい雰囲気だったら、邪魔しなきゃいいじゃん」

「うん」

「ちょっと寒いかもしれないから、これ着な」

「……うん……」

高志は自分の荷物から、新しいトレーナーを放ってよこした。

こういうとき、高志は頼りになる。一緒にいて安心できる。

なんだか、涙が出てきそうである。

このうえ温泉とか。いろいろとやばい。

いっそ帰りたい。いや帰りたくない。

高志は元ラグビー部だけあって、健脚である。車を途中で置いたあと、ふたりで山道を歩きながら、足をすべらせそうになるゆいみを何回も支えた。

「高志、山奥の温泉、入れそうなら入る？」

「それだけは勘弁です」

「もし入ったら、またつきあうって言ったら入る？」

「入ります」

「じゃあ言わないです」

「言ってくれよ」

「一時間入れる？」

「物理的に無理です」

「じゃあいい」

「いや頑張るよ、ゆいみ」

しかも、そういう雰囲気を楽しんでいる自分までいて、最低である。

最低だが気持ちよすぎる。目の前にピンク色のハートが飛ぶ。美月に謝りたくなる。

あたし、春菜とか、有本さんとかをバカにできないです。

ふたりで楽しく山奥を歩いていたら、道が途切れた。

横に並ぶ岩のすきまに、黒い穴があいている。流れ出てくる先が源泉らしい。

岩をたどっていくと、なめらかな石に囲まれた天然の浴槽に、なみなみとお湯がたたえられているのが見えた。

かすかに湯気があがっている。いちばんお湯が豊かで入りやすそうな場所のかたわらに、小屋があった。

「あの小屋、着替えたりする場所かな？」

ゆいみは小屋に向かい、小さな窓からそっと中をのぞき――そして、すぐに顔を離した。

中に美月と格馬がいるのが見えたのである。

美月が壁に背中をつけ、何も言わず、見つめあっている。

「――ん、どうした？」

「しっ」

ゆいみは口にひとさし指をあてながら、あとずさりした。

うしろから来る高志に合図したつもりだったが、高志には通じなかったらしい。

「なに？　なんかあった？」

「いいから。早く立ち去るの」

「なんだって？　聞こえないって」

高志の声が大きかったので、ゆいみはあわてて高志に近づき、手で口をふさいだ。

高志は何を誤解したのか、嬉しそうにゆいみを抱きしめてこようとする。

——そういう意味じゃないっつーの！

「——だから、お邪魔したらダメだってば！　高志！」

高志を押し返しながら、ゆいみは言った。

そのとき、ゆいみの安いスニーカーが、濡れた岩に滑った。

ざっぱーん！

山奥の温泉に、激しい水音が響き渡った。


ぶくぶくぶく……。

頭から血が引き、落ちる！　と思った瞬間、高志がゆいみを抱きとめた。

そのまま高志は体を反転させ、ゆいみを上にして、ふたりで落ちる。

高志の大きな体の上で、熱いお湯が顔と体をつつむ。だぶだぶのトレーナーが体にからまりつく。

高志の大きな手がつかみあげるように背中を押し上げ、ゆいみはやっと、ぷはっ！　と水面から顔を出した。

「ゆいみっ！　ゆいみ！」

高志の声がする。

「い……いてて。ゆいみ、大丈夫か！」

「へ、平気。ありがと、高志」

高志はすでに顔を出している。全身がずぶ濡れで、髪とパーカーのフードから、お湯がぽたぽたと垂れていた。

温泉はひざをつくと胸よりも下くらいの深さである。高志は腰をさすりながら、片手はゆいみの背中から放さないでいる。

「ゆいみ？　なんでここにいるの」

小屋から走り出てきた、美月が言った。

あっけにとられている。当然である。

となりにいる格馬は、美月のうしろで目を見開き、立ち尽くしている。

「あ、あは。旅館の人にきいて、心配になっちゃって。わけを話すと長くなるんだけどさ」

ずぶ濡れになった髪をなんとか横にやりながら、ゆいみは言った。

美月が心配だったのは事実としても、自分が野暮な真似をしたということはわかる。

ここに来るまでの間、美月のことはそっちのけで自分が楽しんでいた、ということがうしろめたい。

「砂川……」

ゆいみを見下ろす格馬の顔が、少し怒っている。

「あのさ、すっごく気持ちいいね。このお湯」

ゆいみはぽかぽかのお湯に全身を濡らし、高志に守られた体勢のまま、ひとまず温泉の感想を言った。

ゆいみ、今度、いつ帰ってくるの？
次はふたりでごはん食べようよ

いいねー楽しみ☆

数週間後——。

ゆいみは、届いていた春菜のメッセージに簡単な返事を送ると、スマホをバッグにしまい、脱衣所のロッカーの鍵を閉めた。

週末の『藍の湯』である。

美月は列の違うロッカーで脱いで、大浴場へ向かっているようだ。美月はなぜか下着姿を恥ずかしがるので、一緒に入るときも、ロッカーは並ばない場所をとる。

あのあと結局、四人で温泉旅館に一泊することになり、豪華料理を食べて飲んで、浴衣姿で男女対抗の卓球勝負などまでして、楽しかった……の、だが。

ゆいみとしては、複雑な気持ちである。

予約していた部屋はふたつあった。美月とゆいみはベッドのある豪華スイート、高志と格馬が無料予約票にあった畳の部屋に泊まることになった。

部屋を決めたのは格馬だし、誰も異議はとなえなかった。高志が何か言いたげな顔をしていたくらいである。

格馬にひきずられてとはいえ、高志が温泉に入ったことのほうが、ゆいみにとっては驚きだ。

いったいふたりが同じ部屋で何を話したのか、興味があるようなないような。

「――で、結局格馬さんはなんて言ったの？」

ゆいみは美月のとなりに陣取り、薔薇石鹸《せっけん》を泡立てながら尋ねた。

美月は髪を洗っている。長いのでけっこう時間がかかる。うつむくと大きな胸が揺れる。

「何もないわよ。別れ際に、携帯にメールしてもいいかって聞かれたくらい。たまにメールくるから、返事出してるわ」

ちょっとだけ間を空けて、美月は言った。

シャンプーを髪の先にすりこんでいるのが、いつもよりていねいな気がする。

「メール……メールからなんだ……。一緒に温泉入ったことあるのに……。それはすばらしい、がんばりましたって感じですね！」

「なんで敬語」

「いやなんとなく。……しかし奥ゆかしいなあ、格馬さん」

ゆいみのつぶやきは、美月が使い出したシャワーの音で、かき消されてしまった。

美月を温泉に誘って、やっと絞り出した言葉が、メールしてもいいか、か。

せっかく同じ部屋に泊まったのに何もせず、山奥の小屋で迫るとか。かっこいいけど、やっぱりモテないんだろうなあ……。

高志のほうがよほど、要所をおさえているのではないだろうか。

「ゆいみのほうはどうなのよ。高志さんとは」

美月は髪を洗い終わっていた。トリートメントを落とさないまま、タオルを頭に巻いている。

「うん……つきあい復活することになった。条件つきで」

ゆいみは頭の上のほうでお団子を作りながら、もごもごと答えた。

高志はあのとき、とっさにゆいみを抱きかかえ、自分が下になるように落ちた。

ああいうシチュエーションには、なかなか抗《あらが》いがたいものがある。

「条件って?」

「あたしの長風呂に文句言わないことと、温泉に行ったらふたりでお風呂入ることと……」

「まあ、当然の条件よね」

美月は珍しく、ゆいみをからかうような口調になっている。

美月には高志に抱きかかえられている現場を見られているので、恥ずかしかった。

ただでさえ、愚痴をたくさん話してしまっているのである。

「パラダイスバスの入浴剤たくさんあげた。高志、温泉入ったら体がほかほかして、風邪ぎみだったのが治っちゃったんだって。それで、ちょっと考えが変わったって。かわりに、あたしも高志のパン焼きにつきあうことになったけど」

「お風呂の交換条件がパンなんだ。高志さんて変わってるわね」

「おいしいからいいんだけどさ。ほんと変わってるよ」

好きだからいいんだけどさ、とは、心の中だけで思った。

美月は笑った。

こういうときの美月の顔は、とてもかわいい。最近は、はじめて会ったときよりもかわいくなってきているような気がする。

「有本秘書に感謝しなきゃならないわね。たまたま、天指峠温泉の無料招待が余ってたなんて。すごい偶然」

「――そ、そうだね」

ゆいみは答えた。

美月は、有本さんがゆいみにチケットを渡したのは、純粋な善意だと思っている。

たぶん、有本さんは、格馬と美月の間を邪魔しようとしたのだ……。

……とはうっすらと思うものの、いちいち暴いて言いつけたりはしないのは、女子の仁義というやつである。

もしかしたら、本当にただ、無料招待が余っていただけなのかもしれないし。

「今日の変わり湯は、ゆず湯か。温泉のもとはまだなんだね」

浴場へ行くと、いつものぬる湯に足を入れる前に、ゆいみは言った。

美月の顔が、とたんに厳しいものになる。

「いま協議中だけど、完成は遠いわ。入浴剤がとけたときのお湯の状態のイオンを、その温泉のイオンと同じものにしたいの。少なくとも上位三つ。その温泉のペーハー値を、できる限り家庭で再現したいのよ」

「そ、そうなのか、大変だね。よくわかんないけど」

ゆいみは三十八度のお湯に足を入れ、そろそろと体を入れて、肩までつかった。

美月が体をとなりに滑りこませてくる。ふたりで並んで浴槽に入る。

キラキラ光る小さな波。白い湯けむり。

じんわりと、体も心も温かくなる。いやなことはお湯に流し、楽しいことばかりを考えたくなる。

きれいになって、よく眠れて。

明日もなにか、いいことがありそうな気がする。

「お風呂、最高――」

ゆいみと美月は並んで浴槽に寄りかかり、同じ言葉をつぶやいたのである。

謝辞

本書を執筆するにあたり、株式会社バスクリン様に取材をさせていただきました。応対してくださった販売管理部、製品開発部の皆様の、入浴剤に対する情熱や愛情が、本作により深みを与えてくださいました。
心より御礼申し上げます。

なお本書はフィクションであり、作中の会社、入浴剤の製品名は架空のものです。

青木　祐子

集英社オレンジ文庫をお買い上げいただき、ありがとうございます。
ご意見・ご感想をお待ちしております。

● あて先
〒101-8050　東京都千代田区一ツ橋2-5-10
集英社オレンジ文庫編集部 気付
青木祐子先生

風呂ソムリエ

天天コーポレーション入浴剤開発室

集英社
オレンジ文庫

2015年 4 月22日　第1刷発行
2019年 2 月20日　第7刷発行

著　者　青木祐子
発行者　北畠輝幸
発行所　株式会社集英社
〒101-8050東京都千代田区一ツ橋2-5-10
電話 【編集部】03-3230-6352
【読者係】03-3230-6080
【販売部】03-3230-6393（書店専用）
印刷所　凸版印刷株式会社

※定価はカバーに表示してあります

ISBN 978-4-08-680016-7 C0193

集英社オレンジ文庫

毛利志生子

ソルティ・ブラッド

—狭間の火—

京都府警の新卒キャリア宇佐木アリスは、
大学で起こった放火事件を担当することになった。
しかし捜査は難航し、被疑者を特定出来ずにいた。
そんな中、“吸血鬼”と呼ばれる存在が
事件に関わっていることを知り…？

集英社オレンジ文庫

松田志乃ぶ

号泣

進学校として知られる高校で、
人気者だった女子生徒が春休みに
転落死した。自殺か、それとも…。
事件に揺れる学校で、生徒と親しかった
友人に次々と異変が起きはじめて…。
危うく儚《はかな》い青春ミステリー。